ラルーナ文庫

JN105186

花嫁は秘色《ひそく》に弄される

水瀬結月

三交社

CONTENTS

Illustration

幸村佳苗

花嫁は秘《ひ》色《そく》に弄される

本作品はフィクションです。
実際の人物・団体・事件などにはいっさい関係ありません。

1

ベッドは天蓋《てんがい》付きがいい。

こんなことを思う日が来るなんて二年半前までは想像もできなかったな……と、深山《みやま》凌《しのぐ》は小さく笑い、ふかふかの掛け布団を鼻先まで引き上げた。

以前は天蓋などただの贅沢《ぜいたく》な装飾だと思っていたし、そもそも知識として知っているだけで実物を見たことがなかった。もし寝転ぶ機会があったとしても、「落ち着かないので」と断っていただろう。まさか、むしろ落ち着くものだったなんて。

（よく考えたら、これって一種の小部屋だもんな）

天蓋布を引けば、まるで野外に張ったテントの中のような安心感。もちろんここは屋内だが、寝室が広すぎるせいで、ベッドが剝《む》き出しだと心許《こころもと》なさを覚えてしまうのだ。

それは凌が貧しい家庭で育ったからだろうか。それとも、セレブな人たちもそういう理由で天蓋付きベッドを愛用しているのだろうか。

（貴砺《たかと》さんも天蓋付きの方が落ち着くのかな？）

ちらりと隣に視線をやると、最愛の伴侶《はんりょ》は穏やかな寝息を立てていた。彼の特徴ともいえる力強い漆黒の双眸《そうぼう》が見えなくても、その精悍《せいかん》さは隠しようもない。かっこいいな……としばらく見つめたが、瞼《まぶた》は閉じられたまま。深く眠っているようだ。そのことが嬉《うれ》しくて、布団に隠れて口元を緩めてしまう。

圧倒的な力で人々の上に君臨するこのひと——塔眞《とうま》貴砺が、こんなにも無防備な姿を晒《さら》してくれるのは、たぶん自分にだけだから。

出逢《であ》った当初は、こんな穏やかな空気を共有できる関係になるとは微塵《みじん》も想像できなかった。罠《わな》に嵌《は》められたり、軟禁されたり、力ずくで手籠《てご》めにされたりと、なかなかハードなスタートで、その頃の凌はこのひとを憎んでいた。

貴砺は香港《ホンコン》に拠点を置く日系一族の、本家の三男だ。

塔眞家は商社の経営により、表向きには経済界の実力者として世界中に名を轟《とどろ》かせている。しかしその裏で、中国の黒社会に絶大な影響力を持つと囁《ささや》かれていて、それを感じさせられる場面に凌も何度も遭遇している。

一族の全体像はよく分からない。知る必要はないと貴砺から言われている。伴侶として悔しい気もするが、貴砺には貴砺の立場がある。知らずにいることが貴砺のためになるなら、悔しさくらい自分の中で処理してみせる。そして自分が必要とされていることに、ただ真摯《しんし》に、精一杯取り組んでいこうと心に決めている。

そんなふうに気持ちを整理できるのは、自分にしかできない役割があるからかもしれない。

凌は『劉人《りゅうじん》』という、一族にとって宝のような存在だ。

塔眞家には不思議な力を秘めた家宝が三つ――『黒龍《こくりゅう》』『劉宝《りゅうほう》』『劉人』が密《ひそ》かに代々伝わっていて、そのうちのひとつ『劉人』と呼ばれるものだけが、生身の人間なのだ。

『劉人』は遺伝せず、いつどこに現れるか、まったく予測がつかない。

家宝である『劉宝』を用いて奇跡を起こせる人間のことをそう呼び、『劉人』は一族に繁栄をもたらすと頑《かたく》なに信じられているため、一族は常に『劉人』を探している。

現在、確認されている『劉人』は凌ただひとりだ。

だから同性でありながら一族内では正式な伴侶として認められているし、『劉人』の能力を必要とする事象には凌が取り組んでいた。

役割があるというのは、とても重要だ。たとえ一族の全貌《ぜんぼう》が見えなくとも疎外感を感じずにいられるのは、自分が『劉人』という替えの効かない役割を担っているからだと思う。

貴砺の役に立てている。このひとのパートナーと名乗って恥ずかしくない。その思いが凌を支えていた。

生まれ育ってきた文化や価値観の違いから意見が食い違うことも多々あるが、ぶつかり合って、互いに歩み寄ることで解決してきた。

凌のために変わろうと努力してくれる貴砺が愛《いと》しい。そして貴砺との生活の中で変わっていく自分が、照れくさいけれど誇らしい。

貴砺と出逢う前の自分がいかに狭量で、小さな世界に生きていたか……振り返って考えてみると、自分でも別人のように感じて驚く。

以前の凌は、家族だけが大事だった。

幼い頃に父を亡くし、母と四歳下の妹との三人でひっそりと寄り添うように生きてきたせいで、自分が家族を守るという気持ちがとても強かった。けれどその想いは、逆に家族への依存になっていることに自分では気づいていなかった。

気づかせてくれたのは、貴砺だ。正確には貴砺に軟禁されていた間に家族と距離ができたことで、思いがけない妹の強さや母の想いを知ることができたのだが、貴砺との出逢いがすべてのきっかけだった。

そしてはじめは憎んでいた貴砺の、孤独感や淋《さび》しさに気づいた時、このひとを抱きしめてあげたいと願った。この腕で、自分が、抱きしめてあげたい。他のひとに譲りたくない。

それが家族以外に初めて抱いた特別な愛情で、その想いはやがて恋になり、またさらに深い愛を知った。

貴砺の『花嫁』となったことで、凌の世界は劇的に広がった。

貴砺を日常的に支えている第一側近をはじめ、警備、使用人たちと同じ屋敷で生活することが当たり前になったり、貴砺の兄夫婦や従兄弟《いとこ》などと深く関《かか》わることになったり、大切だと感じるひとが増えていった。すると不思議なことに、それまで他人だと割り切っていた会社の同僚や上司たちがどれほど自分を仲間として大切にしてくれていたかに気づき、彼らへの感謝や親しみを覚えたりもした。

愛情とは、すでにある量を分けるものだと思っていたのに。実際には、大切なひとが増えれば増えただけ、愛情の量も増えるのだということを知った。

そして貴砺に向かう愛も、留《とど》まるところを知らない。

もうこれ以上好きになることはないと感じているのに、毎日、毎日、また新たに好きだという気持ちが湧《わ》いてくる。昨日より今日の方が、さっきより今の方が、刻一刻と「好き」を更新している気がする。

（貴砺さん……）

心の中で呟《つぶや》いて、そっと手を伸ばしてみた。

精悍な頬《ほお》に指先が触れた途端、胸がぎゅっと引き絞られる。今また「好き」が生まれた。

胸に留めておくのが苦しくて、小さく息を吐く。

(おれ、どこかおかしいのかな……?)

結婚してもう二年半になろうというのに、こんなにも気持ちが落ち着かないなんて。

それとも、これが結婚というものなのだろうか。世の中のパートナーたちも、伴侶に想いを募らせて感情を持て余したり、恋焦がれて苦しくなったりしているのだろうか。

恋愛にとことん縁のなかった凌は、初めて愛したのも、初めて恋をしたのも、初めて体を重ねたのもすべて貴砺だ。このひとしか知らないせいで、自分の感情をうまくコントロールする術《すべ》を身につけられていない気がする。

どうしたら気持ちを落ち着けることができるだろう。いっそ出逢った頃のあの憎しみを思い出してみるか……とその頃の貴砺を振り返ってみたけれど、強引で傲慢《ごうまん》で、ひとを手駒《てごま》のようにしか見ていなかった貴砺でさえも、今となってはその不器用さが愛しく感じて……胸がきゅんとしてしまった。

駄目だ。作戦失敗だ。このひとが愛しくてたまらない。

指先を貴砺の頬に滑らせる。うずうずと身が焦げるような心地がした。好きなひとに、触れたい時に触れられる幸福に眩暈《めまい》がする。

(キスしたいな……)

さすがに起こしてしまうだろうか。

けれど最近の凌のマイブームは、熟睡している貴砺の腕を持ち上げてその下に潜り込み、その腕の重みでセルフハグをしてもらうことだったりする。だからきっと軽いキスも大丈夫なはず。

そろそろとシーツの上を移動して貴砺にすり寄った凌は、息を潜めて、そーっと唇を寄せていき……。

触れる、その直前。

「っ!?」

何が起こったのか、一瞬分からなかった。背中が柔らかなベッドに押しつけられる。圧《の》しかかってくる体。塞《ふさ》がれる唇。

貴砺に組み敷かれて、唇にかぶりつかれていた。一瞬後にそう把握できたのは、これまでの経験のたまものだろう。

口腔《こうこう》を貪《むさぼ》られて、すぐに息が苦しくなる。

「っ、貴砺さ…」

荒々しいくちづけの合間になんとか呼びかけると、少しだけ顔を離して、真上から見下ろされた。

薄闇《うすやみ》の中で、漆黒の双眸が妖《あや》しく光る。

「眠れる獅子《しし》を起こすとどうなるか、知らなかったとは言わせないぞ——私の花嫁？」

にやりと頰を上げた貴砺に、ぞくっとした。

もう花嫁なんて呼ばれる時期はとっくに過ぎてますよ……と、いつもの科白《せりふ》が思い浮かぶが、口にする余裕などなくて。

がぶりと再び喰《く》らいついてきた熱い唇に、凌は夜明けまで翻弄《ほんろう》された。

2

次期総師である長男の怜人《れいと》から、「いい酒が手に入ったから、貴砺とふたりで飲みに来てください」と呼び出されて、凌は緊張していた。

これまでの経験上、わざわざ「貴砺とふたりで」と指定するということは、何か特別な話があるはずだから。

もしかしたら怜人夫妻のもとに産まれてくる子どもに関する、重要なことかもしれない。彼らの子どもには特別な事情があり、凌が『劉人』として手を貸している。近頃、凌が頻繁に怜人の骨董《こっとう》相談に乗っているのは、そのことを一族の人々から隠すためのカモフラージュの意味合いが大きかった。

しかし訪れた怜人邸で本当に酒盛りが始まってしまい、これは一体どういうことかと凌は困惑している。

しかもいつもは応接室か骨董部屋に通されて畏《かしこ》まった対応をされるのに、今日はやけに落ち着いたリビングルームのような部屋で、絨毯《じゅうたん》の上に直座《じかずわ》りして、座卓に並べられた料理や酒を銘々が勝手につまむという庶民スタイルだ。

塔眞家でこのようなフランクさは初めてだった。貴砺とふたりで自宅の食事でさえも基本的に前菜から始まるコース形式だから、塔眞家ではそれが普通だと思っていたのに。

「凌さん、どうしました？　遠慮せず食べてくださいよ」

怜人が穏やかに微笑《ほほえ》む。よく見れば造作は貴砺とよく似ているが、表情や雰囲気が違いすぎて、兄弟だと言われなければ分からないだろう。

しかし怜人はこの穏やかな笑顔の下で容赦ない判断をする人だということを、凌はもう知っている。

「あ、はい。ありがとうございます。いただきます」

気を使わせては申し訳ないと、せっせと箸《はし》を動かした。けれど味がよく分からない。自覚以上に緊張しているのかもしれない。いつもはコース料理で緊張すると思っていたが、むしろその方が、形式通りに動けて助かっていたのでは。ルールがないと、どの料理に箸を伸ばせばいいかも迷ってしまう。

(自由って、選択の連続なんだな……)

思わず哲学的なことを考えてしまった。

隣の貴砺を窺《うかが》うと、黙々と酒器を傾けている。このひとはいつだって泰然としている。

チラ、と視線を投げかけられて、鼓動が跳ねた。

「飲むか？」

にやりと思わせぶりに頬を上げて、酒器を差し出された。凌には飲めないと分かっているくせに、いたずらを仕掛けるみたいな表情がちょっと可愛《かわい》い。

「『いい酒』だぞ」

その言葉にハッとした。もしかしてこの酒が、怜人が自分たちに振る舞いたかったものだろうか。

そういえば先ほど彼らの間で、酒に関するらしい横文字が飛び交っていたことを思い出す。おそらく地名や製造方法だろうと、まったく知識のない凌は黙って聞き流していた。

「凌さんは、プライベートでもあまり飲まないのですか？」

「嗜《たしな》む程度にはいただくんですが、酔うと寝てしまうので……」

「眠いと言ってぐずる凌は、最高の愛らしさですよ」

「貴砺さんっ」

顔が熱くなって、思わず声を荒らげてしまった。すみません、と恥じ入ると、貴砺が声を上げて笑う。怜人もくすくすと肩を揺らし、「相変わらず仲睦《なかむつ》まじいですね」と返事に困るコメントをした。

「ではいくつか持ち帰ってください。その方が贈り主も喜ぶでしょう」

「贈り主……？」

「ツヴェターエフ家です。息子たちが世話になったと、次期当主から」

「えっ」

次期当主といえば、あのエリク・ヴィクトロヴィチ・ツヴェターエフでは？

大丈夫なのかそれは。

実は先日、ロシア人の子どもとその親友である雪豹《ゆきひょう》を、凌が香港の街で保護した。四歳児であるルーセニカと、お座りをした姿がルーセニカとほぼ同じくらいの大きさのシュエを、当初はただの迷子だと思っていたが……父親がなかなかの曲者《くせもの》だった。

浮世離れしているというか、視点が独特というか、とにかく摑《つか》みどころのない不思議な人なのだ。敵ではないが、あまり関わりたくない人物。そしてロシア版塔眞家とでもいうような、黒社会に大きな影響を及ぼす一族の次期当主だと判明した。彼は息子を介して、塔眞家と接触を図れたらラッキーと軽く考えていたらしい。

子どもたちの保護に加え、エリクから叩《たた》きつけられた骨董の挑戦状のせいで関わりを持ってしまったが、今後は警戒しようと思っている。

先のできごとは凌と貴砺、そしてツヴェターエフの間だけで終わったと思っていたのに、まさか怜人に贈り物をしていたなんて。次期当主同士のやりとりに発展していたと知って、血の気が引いた。

「申し訳ありません。わたくしの軽率な行動のせいで、塔眞家にご迷惑を……」

「迷惑どころか、凌さんのおかげで我々が優位に立てましたよ。今後が楽しみです」

にっ……こり。仏様のような慈悲深い笑みなのに、背筋が凍る。

これは追及してはいけない。凌は悟った。

「あ、えっと、その……あの、麗那《れな》さんのご体調はいかがですか？」

しまった。こんなタイミングで切り出すことではなかったのに。訪問する前からずっと気になっていたものだから、ついうっかり口から飛び出してしまった。

失言を悔いるが、もう遅い。出てしまった言葉は取り消せない。

（だって、出産予定日とっくに過ぎてるし……）

ずっと心配だった。『劉人』としていつでも駆けつけられるように心の準備をしていたが、貴砺があまりにもどっしりと構え続けているので、自分が浮足立ちすぎだろうかと反省したりもしていた。

「大事を取って休んでいます。ご挨拶《あいさつ》できなくて申し訳ありません」

「いえ！　とんでもないです。どうぞお大事になさってください」

他に言うべき言葉がみつからなくて、とてもおざなりになってしまった。内心で焦りまくるが、フォローが思いつかない。

微笑み続ける怜人、絶句して頬を引き攣《つ》らせている凌、淡々と杯を傾ける貴砺。……この状況をどうすれば打開できるのか。

貴砺に助けを求めようとしたが、それより先に、怜人が「ところで」と口を開く。

「凌さんは以前、貴砺が所持している骨董をすべてリストアップしてくださったのですよね？」

「はい。日本とアジアの陶磁器は詳細に記録して、専門外のお品は分かる範囲でですが」

「大変だったでしょう？　祖父のコレクションは膨大でしたから」

好事家《こうずか》だった彼らの祖父が集めた骨董は、すべて貴砺が受け継いだ。貴砺自身は骨董にまったく興味がなく、そのまま次世代に引き継ごうとしているのだが。

「整理し甲斐《がい》はありました。でも好きなことなので、夢中になってるうちに終わっていた感覚です」

「その間、私は完全放置でな」

クックッと喉《のど》で笑う貴砺に、あの頃は貴砺さんも忙しく飛び回っていたじゃないですか、と反論したいが、ここでは我慢する。貴砺も本気ではないのだろうし。

「凌さん、そのリストを見せてもらえますか？」

それは頼みだろうか、それとも命令だろうか。凌には判断できなかった。

ただ所有者はあくまで貴砺なので、視線で尋ねる。彼は愉快そうに口角を上げたまま、頷《うなず》いてみせた。

「では、帰宅次第メールでお送りしますね」

「いえ。書面で頼みます。暗号化する必要はありませんが、密書扱いで」

怜人との間での密書扱いとは、他のものでカモフラージュした上で、水に溶ける紙にプリントしたものという意味だ。

それほど厳重にするということは、何か重大な理由があるのか。

「万が一、リストを手に入れたことが漏れたら、とうとう貴砺の所蔵品を横取りする気かと邪推されかねませんし」

苦笑する怜人に、なるほど、と凌も苦笑で返す。

怜人の骨董好きと、貴砺の無関心ぶりは、セットで内外に有名だ。

「承知しました。では明日にでもまたお届けに上がります」

「王月林《ワンユエリン》にでも届けさせてくれたらいいですよ。本当の密書ではありませんから」

「……そうですか？　ではお言葉に甘えて、そうさせていただきます」

王月林とは、貴砺の第一側近のことだ。

もとは怜人に仕えていたが、『劉宝』をめぐる後継者問題の時に貴砺のもとに異動した。

凌にとっては、上流階級のマナーを叩き込んでくれた恩師のような存在でもある。

「あの……もしかして何かお探しですか？」

「ええ、実は。凌さんには改めてお願いしようと思っていたのですが」

「どのようなお品ですか？　東京か香港のどちらにあるかくらいでしたら、今お答えできるかもしれません」

「すべて頭に入っているのですか？」

「大まかにです」

「それはすごい。あの膨大な量を」

褒められると恐縮してしまう。決して覚えようと努力したわけではないから。

「素敵なお品ばかりだったので、自然と記憶に残ってるだけなんです」

「凌さんは本当に骨董がお好きなのですね」

「はい」

反射的に深く頷いたら。

「やっと笑ってくれました」

怜人が頬を綻《ほころ》ばせる。それはさっきまでの完璧《かんぺき》な笑みとは違っていた。

そして怜人の言葉で、凌は我知らず笑っていた自分に気づく。ようやく緊張がほぐれてきたかも……と思いきや。

突然、横から貴砺の手が伸びてきた。頬を指の腹で撫《な》でられて、ビクーッと過剰反応してしまう。

「おまえのその愛らしい笑顔、たとえ次期総師といえども見せてやるのは腹立たしい」

「っ⁉　なに言って……」

「惚気《のろけ》はよそでやりなさい、貴砺」

いつも対応に困る貴砺の独特の愛情表現を、怜人はスパッと斬《き》り捨てた。さすがだ。

「では、凌さん。そのリストの中に、こんな記号が記されている骨董はありませんでしたか？」

怜人が差し出してきたメモ用紙を、座卓越しに受け取る。

そこには墨で不思議な絵が描かれていた。

極端にデフォルメされた人の顔のようにも、複雑な川の流れを写した地図のようにも、そのどちらでもないまったく違うものにも見える、人によって解釈が大きく分かれそうなほぼ左右対称の図。

「これは……記号ですか？　絵ではなく？」

「記号です」

「……記憶にないです。なんの記号ですか？」

その質問に対して、怜人は微笑みだけを返してきた。穏やかなのに、スッと色を消した静かな迫力。

あ、これだ、と淩は思った。

今日呼び出された用件は、この記号に関することに違いない。

「この記号が記された骨董を、見つけてほしいのです」

やはりそうだ。

これは日常の「探し物」ではない。ただ怜人が欲しい骨董を見つけたり買い付けたりするのではなく、一族に関わること。

「……どのようなお品か、目星はついていますか？」

尋ねたものの、答えは返ってこないだろうと思った。いつもそうだから。

ところが。

「『秘色《ひそく》』らしいです」

「『秘色』……!?　す、すみません。それはさすがに貴砺さんの所蔵にはなかったです」

思わず即答した凌に、貴砺が片眉《かたまゆ》を上げる。秘色とはなんだ？　と問う表情だ。

貴砺の方を向いて、説明を加える。

「『秘色』というのは、唐の皇帝のために作られた最高級の青磁のことなんです。唐時代だから、今から千二～三百年ほど前ですね。江南《こうなん》の越窯《えつよう》で焼かれました。ずっと幻とされてきたんですが、一九八七年に陝西省《せんせい》にある法門寺《ほうもんじ》の塔が倒壊したことがきっかけで発掘されて、現代の人々は初めて『秘色』を目にしたんです。市場に出回ることはありえません」

「なるほど。つまり『秘色』とは、色を指す言葉ではないということか？」

「はい。特定の色を指していた可能性も捨てきれないですが、今のところは。『秘』は秘密の秘なのか、それとも神秘の秘なのか、『色』はその名の通り色合いの色なのか、それとも様相や格式を意味する言葉なのか……様々な説があって、答えは出ていません」

「凌はどう思う？」

「……そうですね。『人知を超越するほど神秘的な青磁』という意味だったら素敵だなと思います」

「私も凌さんの説に賛成です」

怜人が突然、同意する。

その表情はにこやかで、凌は戸惑った。これではまるで、日常の「探し物」みたいだ。一族に関わることだと感じたのは、間違いだったのだろうか。

「探し物を『秘色』だと表現したのは祖父なのです。本来の意味での『秘色』を本当に手に入れたわけではなく、一族の総帥である自分を、大胆にも皇帝になぞらえた気がします」

凌は息を呑《の》んだ。やはり一族に関わることなのか。

もしそうだとしたら、なぜこんなにも怜人は協力的なのだろう。いつもなら謎《なぞ》と少しのヒントだけを与えられ、あとは脅しのような状況を作られるだけなのに。

（そんなに重要なことじゃないから……？）

そう思ったが、しかし先ほどの『記号』の時に感じた気迫は本物だった。

「……お祖父《じい》様が手に入れられたということは、貴砺さんの所蔵品の中にあることは確実なのですか？」

「ないわけがない、と考えています。ただ、気にかかることもありまして」

いったん言葉を切った怜人は、何かを思い出すように少し考えてから口を開いた。

「祖父は確かに、その記号の記された『秘色』を手に入れた。それなのに……その後も『秘色』を探している記述があったのです」

「記述、ですか？」

「手記のようなものです。その記号もそこから写しました」

凌は手元の記号に視線を落とした。じっと見つめていると違う形が浮かび上がってきそうで、だまし絵みたいだなと思う。

「せっかく手に入れた『秘色』を手放すとは考えづらいので、少なくとも一つは貴砺の所蔵の中にあるはずです。まずはそれを見つけてほしい。そうすれば祖父が、なぜそれ以降も『秘色』を探していたのか分かるのではないかと思うのです」

「……お品は青磁だと考えてよろしいのでしょうか？」

「分かりません。ただ手に取って『照り』を楽しんでいたようなので」

「では少なくとも、施釉《せゆう》陶磁器ですね」

「凌さん相手だと話が早い」

これくらいは骨董を扱う者として当然の理解だが、同じ骨董好きとの会話が楽しいという気持ちは凌にも分かる。

「いつ頃の時代のものかは分かりますか？」

「それなりの時代を経ているようだとしか。現代の技術では作ることはできないだろうと、祖父は絶賛していました」

それならば歴史の古いものから順に探していくのがいいだろうか。

「他に何かヒントはありますか？」

「そうですね……。ああ、通常の状態では記号を確認できないようです」

え、と思わず怜人を凝視してしまった。

それは探し物をする身にとっては、爆弾発言に等しいのだが。

「……意匠として描かれていたり、窯印《かまじるし》のように刻まれていたりするわけではないということですか？」

「どうやら特殊な仕掛けによって、浮き上がるように作られているらしいです」

「仕掛け……もしかして湯を注ぐと色が変わって新たな絵が現れるとか、置物の組み方を変えると新たな意匠が完成するとか、そういったことでしょうか？」

「おそらく」

愕然《がくぜん》とする凌をよそに、怜人は満足そうに頷いてくれる。話が早い、と言いたげだが、待ってほしい。

「この記号は、一族以外の者の目に触れさせてはいけないものなのです。たとえ目にしたとしても意味は分からないでしょうが、秘匿することで価値が高まる。そういう類《たぐい》のものです」

それはつまり、探し物の際に記号の取り扱いに細心の注意を払わなければいけないということか。

「記号さえ厳重に管理しておけば、探し物自体は使用人に協力してもらっても構いませんか？」

「凌さんに任せます」

この自由裁量度はなんだろう。いつもなら追い詰められて、ギリギリの緊張感の中で交渉をしている場面のような気がするのに。

そんな凌の戸惑いが通じてしまったのか、怜人がにやりと笑った。それは貴砺の笑みと少し似ていて、初めて見る素の表情に思えた。

「もう脅す必要はないでしょう？　凌さんは我々塔眞一族の劉人で、常に最善の手を打ってくれる。――信頼していますよ」

息が止まるかと思った。まさかあの怜人から、こんな言葉が出てくるなんて。

これまでの数々の謎解きがもたらした成果だろうか。ようやく、ただ純粋に彼らの力になりたいという気持ちを受け止めてもらえたのかと胸が震えた。

嬉しくて貴砺の顔を見ると、憮然《ぶぜん》とした表情で、

「惚《ほ》れても無駄ですよ。凌は私の花嫁だ」

と突拍子もないことを言う。

「貴砺はどんどんおもしろい男になるな」

「凌のおかげです。ところで、次期総帥。私の所蔵品の中からその『秘色』が見つかった場合、それをあなたは所望するのですか？」

「そうだね、譲ってほしい。私はそれを百日宴で披露することを考えている。借り物では格好がつかないからね」

「っ！」

塔眞一族には、子どもが生まれた翌朝から『精霊迎えの儀』を催して誕生を祝い、生後百日目の『百日宴』で初めてお披露目、そして生後千日目の『生誕の儀』でようやく正式に一族の子どもと認め、家系図に記すという伝統がある。

つまりこれから百余日の間に探し物を見つけろということ。

突然切られた期限に、脅しではないかもしれないが、それに近いプレッシャーを凌は感じた。

「もちろんただとは言わないよ。おまえは代わりに何を求める？」

「考えておきます」

不敵に笑う貴砺に、穏やかな笑みで返す怜人。一見すると仲のいい兄弟の微笑ましい一幕だが、そうではないことを凌は知っていた。

(貴砺さん、何を要求するつもりだろ……)

おそらく一族での役割的なことだと思うが、凌には詳しいことは分からない。

ただ、自分にできるのは『秘色』を探すことだけだ。

「凌さん、また近いうちに食事しましょう。楽しみにしていますよ」

その日までにできる限りの調査は進めておきたいと、凌はやる気を漲《みなぎ》らせた。

＊　＊　＊

貴砺の邸《やしき》に帰宅してすぐ、リストを揃《そろ》えた。

貴砺が拠点としているのは東京だが、ここ香港にも当然のように邸宅がある。

「では王さん、こちらを怜人さんに渡してください。よろしくお願いします」

「かしこまりました」

無駄口を一切叩かず、王月林がリストを受け取った。

漆黒のスーツに身を包み、フレームレスの眼鏡《めがね》越しに怜悧《れいり》な眸《ひとみ》が光る。

今は自分が命令をするべき立場なのに、彼の前に立つとどうしても背筋が伸びてしまう。

これは三つ子の魂百までというやつか。こんな反応をしてしまう自分を、もう受け入れるしかない気がする。

王を見送って、リビングで貴砺とふたりきりになってから、メモ用紙を見つめた。

記号と改めて向き合う。

「うーん……何を表してるのかな？　あ、もしかして上下逆とか……」

「こちらの方向で合っている」

ソファで隣に座っている貴砺がメモの端を摘《つ》まみ、断言する。

「もしかして貴砺さん、この記号のこと知ってるんですか？」

「意味は知らん。ただどこで見たかは教えてやれる」

「教えてください！」

思わず前のめりになると、突然、端整な顔が近づいてきて、ちゅっと唇を盗まれた。

「っ、貴砺さん！」

「愛らしい顔を近づけてきた凌が悪い」

（本当にもう、このひとは！）

口元を手でガードして真っ赤になった凌を、貴砺は満足げににやりと笑って見つめる。

「家系図だ」

あまりにも予想外で、凌は困惑するしかない。

「……家系図ってことは、家紋ですか？」

「いや。家紋は別にある。兄も言っていたように、これは一族以外に広く知られていいものではない。秘されることで価値を高める、暗号にも似た性質のものか」

「暗号……」

ごくりと生唾《なまつば》を飲み込んで用紙に目を落としたが、そんな重要な暗号にしては、妙に愛《あい》嬌《きょう》のある絵に見えてしまう。

「それって塔眞家の人なら誰《だれ》でも見られる家系図ですか？」

「家長のみ、家を継ぐ際に見ることができる」

「一度きりってことですか？」

「そうなるな」

それほど秘されるものということか。

そんな大切なものを託されたことに、今さら責任を感じて記号を見つめていたところ、ふと思い出した。

「……あれ？　でも、怜人さんは骨董が見つかったら披露するって言ってましたよね？　……その記号を浮かび上がらせたものを、多くの人に見せちゃっていいんですか？」

「百日宴には家長のみが出席する。兄はおそらく、骨董を披露することで子どもに後継者としての箔《はく》をつけさせたいのだろう。――『祖』の再来として」

「……どういう意味ですか？」

どうして骨董と『祖』が関係あるのだろうと首を傾《かし》げた凌に、貴砺は不敵な笑みを見せた。

「その記号は、塔眞家の『祖』とされる人物が冠していたものだ。すべての始まりの文字とされている」

「文字!?」

「あるいはまじない。真相は分からない。便宜的に記号とされている」

それはものすごく重要なものなのでは。凌の想像以上に。

「……そんな重要な記号が隠された骨董が、貴砺さんの所蔵の中に……？」

今まで気づかなかったことがショックだ。いくら、普通の状態では見えないものだとしても。

記憶の中にある骨董の数々を次々と思い浮かべる。そのどれもが素晴らしい品だが、何か仕掛けがあるようには思えなかった。

「――とにかく探し始めるしかないですね」

「おまえのその行動力は、いつも尊敬に値するな」

するりと頰を撫でられて、背筋がゾクッとした。貴砺の指先ひとつで、凌は簡単に体温を上げられてしまう。

「っ、ダメです。そんなかっこいい顔で誘惑しないでくださいっ」

真っ赤になってソファから飛び退《の》くと、貴砺が弾《はじ》けるように笑った。

そんな笑顔を見せてくれるようになったことが、本当に、本当に嬉しい。

けれど今は摑まってベッドに運ばれてなるものかと、凌は脱兎《だっと》のごとく逃げ出した。

行き先は邸の中にある内蔵だ。

東京の塔眞邸ではほとんどの骨董を屋根裏の巨大な部屋に収納しているが、この邸ではセキュリティの問題で邸内に蔵が造られたらしい。

乱雑に詰め込まれた状態で貴砺が祖父から受け継ぎ、そのままになっていたが、凌が主導して整理した。以前にも所蔵品の中から探し物をする機会があり、すべて外に出したのだ。その際に、他の別荘からも集めてきてすべて収納し直し、リストにまとめた。

蔵の中に入ると、少し肌寒く感じた。邸内は空調が行き届いているが、蔵の中は特に、骨董に適した温度で完璧に管理されている。

ぐるりと見回し、その圧倒的な量に少し怯《ひる》む。

このすべてが陶磁器というわけではないが、数は断トツに多い。

本当にこんなにたくさんの骨董の中から見つけられるのか。これでもまだ約半分だ。どう考えても、ひとりで探せる量ではない。

「箱からの出し入れに神経を使うから……大広間に並べてもらうのがいいかな」

以前の探し物の際にも手伝ってもらったおかげで、骨董の扱いに長《た》けた使用人が数名いる。彼らを中心に、箱から出して並べてもらうだけでもかなりの時間短縮になる。

あとは凌が、「仕掛け」を見破れるかどうかだ。

「仕掛けか……」

呟いたら、ふと、ある青磁瓶のことを思い出した。

それは以前、とても手の込んだ仕掛けによって龍《りゅう》の意匠が浮かび上がったもので……そこに関係した妹夫婦の顔が脳裏に浮かんだ。

「……まさかね」

そんなわけないか、と小さく笑う。

改めて蔵を見回し、東洋の磁器ゾーンの前に立った。

　棚を設置し、きれいに積み重ねている箱の数々。この中に青磁は五百点ほどある。盃、椀《わん》、瓶、壺《つぼ》、炉、置物。そのうちのどれかならば見つけやすいが、青磁ではない陶磁器の可能性も考えておかなければならない。そうなると数千点は下らない。

（……あ、待てよ。家系図の『祖』が冠する記号だっていうなら、ある程度時代を絞れるんじゃないか……？　その家系図、おれも見せてもらえたらいいのに）

　考えてみたものの、限りなく不可能に近い気がした。

　ただでさえ凌は、一族のことをすべて教えてもらっているわけではないのだ。

『秘密』は塔眞一族を支えている。

　秘することで守られ、繁栄している一族だということを、凌は肌で感じている。

「……貴砺さんも、おれに秘密がまだまだいっぱいあるんだろうな……」

　分かっている。それは仕方がないこと。貴砺には貴砺の立場があり、知らずにいることが彼のためになると、凌は納得している。……つもりだけれど。

（頭では分かってても、気持ちがついていかないことってあるんだよな……）

　以前はある程度、気持ちの整理もついていた。けれど貴砺との関係が深まれば深まるほど、このひとのことをもっと知りたいと願ってしまう自分がいる。

　我知らず溜《た》め息《いき》が零《こぼ》れた。

そんな自分に気づいて、落ち込んでなるものかと無理やりにでも気持ちを上向ける。

「よし！　とりあえず『祖』の年代だけ貴砺さんに聞いてみよう。塔眞家の始まりって、いつくらいなんだろう……？」

凌は以前、家宝のひとつである『黒劉』の調査で、一族の歴史の一端に触れたことがある。伝説のようなその物語の始まりは、優に千年は超えていそうだったが……実際のところは分からない。

中国という国自体、四千年以上の歴史があるのだし、塔眞家が長く続いていてもおかしくないけれど。

(……あっ。ちょっと待って。塔眞家って日系じゃないか)

初めから知っていたことなのに、今ごろになってその重要性に気づいた。

(そもそも『日系』って、何世代まで名乗れるものなんだろ？)

日本から香港に渡った後、二世代目まで？　三世代目？　四世代目？　……もしかして名乗ろうと思えばいつまでも名乗れるものだったりするのだろうか。深く考えたことがなかった。

塔眞家は香港に拠点を置きながら、中国の裏社会に絶大な影響力を誇っているという。百年や二百年でそんなことができるだろうか。もっと長い時間をかけなければ不可能な気がする。

（……あ、でももし、すでに中国で絶大な勢力を誇っている一族と姻戚《いんせき》関係になったとしたら、不可能じゃないのかな……？）

詳しくは知らないが、怜人夫人である麗那もまた、中国の大富豪の出身だと聞いている。しかしその場合は、婚家の方が、『日系』と名乗ることを拒むのではないか？　場合によっては婚家に乗っ取られる危険性もある。それを回避して、さらに『日系』と名乗り続けるメリットがどこにあるのか。

やはり塔眞家は謎が多すぎる。

骨董の山を前に考え込んでいると、蔵の扉から貴砺が顔を覗《のぞ》かせた。凌のスマホを掲げて見せている。リビングに置いたままだったようだ。

「先ほどから何度も着信があるようだが？」

「え、ほんとですか？　誰からだろ？」

受け取って確認してみると、母と義弟《おとうと》の幸太郎《こうたろう》から二度ずつ履歴があった。

ドキッと鼓動が跳ねる。それは期待と、同時に不安の感情が綯《な》い交ぜになったもの。

「紗友美《さゆみ》がもしかしたら……」

呟きながら、受信していたメッセージを開いた。目に飛び込んできた文字は。

『無事に生まれました。男の子です。母子ともに健康です』

「わあ！」

写真も添付されている。真っ赤な顔をしわくちゃにして泣いている赤ん坊と、疲労を滲《にじ》ませながらも輝くような笑みを浮かべる紗友美の姿。

「見てください！」

写真を貴砺に見せつけると、

「愛らしい」

と、間髪容《い》れず感想をくれた。しかし画面を一瞥《いちべつ》もせず凌を見つめているのはどういうことか。

ずいっと顔の前に押し出すと、クックッと笑って手首を摑まれた。

「帰省するか？」

「だめですよ、そんな。怜人さんから頼まれた探し物があるのに」

帰りたい。それはもう、今すぐにでも。けれど……。

「東京の所蔵品を先に調査してはどうだ？　どちらから手をつけても同じだろう？」

それは確かに。

「でも、麗那さんの出産予定もありますし……」

赤ん坊が生まれた時、劉人である凌の力が必要になるかもしれない。すぐに駆けつけられる香港にいなければいけないのでは。そう思ったのに。

「問題ない」

貴砺はきっぱりと言い切った。その自信は一体どこからくるのか。

もしかして香港まで自家用ジェットでも飛ばしてくれるつもりか。貴砺の個人所有ではないが、必要な時は一族所有のものを利用できる。確かにそれだと、普通に航空会社の飛行機で移動するより断然早いが。

「生まれたばかりの甥《おい》に会いたくないのか?」

「会いたいです」

反射的に答えていた。会いたくないわけがない。甥だけでなく、妹にも。元気な彼女たちに早く会いたい。

「ならば、煩雑なことはおまえの優秀な伴侶に任せておけ。東京に戻るぞ」

自信たっぷりな物言いが可愛い……なんて考えたのがまずかったのか、唇にがぶりとかぶりつかれた。

3

産婦人科という、普段は縁のない場所に足を踏み入れるのは、妙にそわそわする。

しかし貴砺はどこだろうとまったく変わらない。三つ揃いのスーツに身を包み、堂々と廊下を闊歩《かっぽ》するもので、先ほどからすれ違う見舞い客に道を開けられまくっている。

入院フロアの受付で部屋番号を尋ねると、本人に了解を取ってからと待たされてしまった。もともとセキュリティ対策で、個室に名前を掲げていなかったり受付を必ず通さなければいけなかったりするようだが、あまりにも毅然《きぜん》とした態度に、何か誤解をされているのでは……と苦笑する。

(貴砺さんって街だと注目されたり女性に見惚《みと》れられたりっていうポジティブな反応が多いけど、こういう場所だと警戒されるんだな……)

これは新鮮な反応だ。

笑ってしまいそうなのを堪《こら》えて待っていると、廊下の先にある個室の扉が開き、男性が顔を出した。

凌の姿を認めると、笑顔で歩み寄ってくる。義弟の幸太郎だ。義弟と言いつつ、歳《とし》は凌よりふたつ上だが。

「凌さん、塔眞さん、遠くからわざわざありがとうございます」

幸太郎が丁寧にそう挨拶した瞬間、凌の脳裏に、ふっと何かが過《よ》ぎった。

(え？　何、今の？)

それは一瞬の光の瞬きのような、記憶の欠片《かけら》のような……？

逃がしてはいけないと意識が追いかけようとしたが、貴砺の「おめでとうございます」という言葉で我に返った。凌も慌てて頭を下げる。

「っ、おめでとうございます。写真、ありがとうございました。紗友美も赤ちゃんもとてもいい表情で写ってて、すごく安心しました」

そう言うと幸太郎も満面の笑みを見せてくれる。

彼がこんなに相好を崩すのを見るのは初めてだ。紗友美が嫁いだ今村《いまむら》家は製糸業で財をなした一族で、数百年の歴史を持つ。幸太郎はその家の跡取りだ。幼い頃から英才教育を受けてきたとのことで、立ち居振る舞いが常に品よく、塔眞家とはまた違った趣で多くの責任を背負う立場にいることが分かる。彼に対面すると凌はいつも背筋が伸びる気がするのだ。

そんな旧家に嫁いだ妹が幸せに暮らせるか心配した時期もあったが、以前、骨董のことで相談されて訪れた際にこれ以上なく大事にされていることを感じて――。

チカッと、またしても脳裏に何かが過ぎった。

何か大切なことに気づこうとしている。そんな予感がした。

（もしかして、今村家に伺った時のこと……？）

突き詰めて考えたい。けれど今は、ひとりで没頭していい時ではない。

（このヒントを脳裏に刻み込め！）

自分に言い聞かせて、凌は幸太郎のあとに続いた。

個室の扉を開けた途端、ほぎゃーという元気な泣き声が響き渡る。

空気が変わった。

生命力に満ち溢《あふ》れるその部屋で、その姿を見た瞬間、「ちっちゃいな〜！」という感動の言葉が口から零れていた。

「あっ、あっ、お兄ちゃん！　塔眞さんまで！　来てく……あっ、ちょっと待ってね！」

力いっぱい泣く赤ん坊を抱いて、紗友美が慌てる。

「おむつかな？　おなかは減ってないはずなんだけど……待ってね、ごめんね」

「なんで謝るんだよ。赤ちゃんは泣くのが仕事なんだろ？」

思わず笑ってしまってから、「おめでとう、紗友美」と言うと、「お兄ちゃん……」と瞳《ひとみ》を潤ませる。

髪はぼさぼさだしパジャマ姿だし、疲労の色が滲んでいるけれど、美しいと感じた。ほぎゃー、ほぎゃー、と顔を真っ赤にして、力いっぱい泣く我が子を、紗友美は慈しみのまなざしで見つめる。

……じーんとした。あの小さかった妹が、母親になったのだと。

長い時間をかけて、新たな生命を身の内で育むという神秘。その生命がこうして世に産まれ出て、腕の中で力の限り泣いているという奇跡。

「でもびっくりしたよ」「ほぎゃー」「予定日より」「ほぎゃー」「だいぶ」「ほぎゃあー」

「ごっ、ごめんね。ちょっと聞き取れない」

凌の声が紗友美に届かないほどの泣きっぷりに、「元気だな～」と楽しくなってくる。けれど紗友美には大変なことだ。何かできることはないか……と巡らせていると、幸太郎がそっと紗友美に寄り添った。赤ん坊を手のひらで優しくトントンと撫でる。けたたましいサイレンにも匹敵していた豪快な泣きっぷりが、少しずつ落ち着いてくる。紗友美の表情も安心したように和らぎ、やがて泣き声がぴたりと止まったかと思うと、ことんと眠りに落ちた。

その光景に胸が詰まった。

これはきっと、日常の一コマに過ぎないのだろう。けれど凌の目には眩《まぶ》しく映った。

「は〜、やっと寝てくれた。お待たせ。お兄ちゃん、塔眞さん、来てくれてありがとうございます」

紗友美が、ぺこっと頭を下げる。

「改めて、紗友美も幸太郎さんも、おめでとうございます。これ、気持ちだけですが」

ご祝儀袋とプレゼントを渡すと、「ええ〜！　いいのに！」と言いつつ喜んでくれたようでよかった。

「赤ちゃんのお顔見せてもらっていい？」

「もちろん。見たげて」

紗友美の腕の中を覗き込むと、ふくふくの顔をした小さな天使が眠っていた。新生児なんて初めて見る。はぁ〜、と感慨深い溜め息が零れた。

「本当に、ちっちゃいな〜。なんだこの可愛さは。鼻とか唇なんて、野の花の蕾《つぼみ》みたいじゃないか？　それにこの指！　ちゃんと爪《つめ》がついてるのがすごいな、このサイズで」

そう言うと、紗友美に笑われた。

「お兄ちゃんって感性が独特だよね。抱っこする？」

抱きかかえたまま、はい、と持ち上げる紗友美に、凌は慌ててかぶりを振った。

「いい、いい。無理。そんなふにゃふにゃの赤ちゃん、怖いから」

幸太郎が隣で、「分かります」と深く頷いている。

「あ、もしかして目元が幸太郎さんに似てますか？　口元は紗友美かな？」

「そうかな？　似てるって言われるの嬉しいな」

ね～？　と紗友美が声をかけると、赤ん坊はむにゃむにゃと口を動かし、手を顔に持っていった。思わずその小さな手をつつくと、きゅっと指を握られる。思いがけない力強さに胸がいっぱいになった。

しばらく眠る赤ん坊をみんなで静かに見守っていたが、紗友美が思い出したように「そういえば」と口にする。

「お兄ちゃん、さっき何か言いかけてなかった？」

「さっき……？」

「来てくれてすぐに」

「ああ、出産予定日よりだいぶ早かったから、びっくりしたって言いたかったんだ」

「そうだったんだ。でもあれだよ。予定日ってあくまで予定日だから、実際にはもっと早くなったり遅くなったりもするものだよ。だから全然、昨日だったら普通」

「え、そうなんだ⁉」

それは知らなかった。

そうすると麗那の出産が遅くなっているのは、特に心配することではないのだろうか。

「あんまり遅くなるようだったらお医者さんと相談だけどね。それより、聞いてください。名前が決定しました〜」

紗友美がそう言うと、幸太郎がベッドサイドから色紙を手に取った。

そして掲げて見せてくれる。そこには……。

『命名・祈《いのり》』

と、達筆な筆文字で書かれていた。

「祈？　すごい。素敵な名前だな」

おおー、と、思わず拍手する。

「本当⁉　幸太郎さんと第一候補にしてたら、お義父《とう》様もお義母《かあ》様も気に入ってくれて、満場一致で決定したんだよ」

それから命名エピソードや出産エピソードを聞いているうちに凌の母も到着し、また盛り上がった。

その間、祈はすやすやと眠っていた。

久しぶりに家族が揃ったことが嬉しくて、新しい生命を中心にもっと一緒に過ごしたいけれど、紗友美をあまり疲れさせてはいけない。

話が途切れたところで、

「じゃあ、そろそろ失礼するよ」

と、病室を後にした。

母は病室に残り、病院の玄関まで幸太郎が見送ってくれる。

「凌さん、塔眞さん、本日は本当にありがとうございました。退院したら、またいつでも家の方に遊びにいらしてください」

そう言って頭を下げた幸太郎を前にした瞬間、脳裏に龍の絵が過ぎった。それは劉人として映し出すことができるあの緋色《ひいろ》の紋章ではなく――二頭の龍が絡み合って空を目指している、残像のような記憶。

「あ」と凌は声を上げてしまった。

理解したのだ。先ほどから何が気にかかっていたのか。

ものすごい発見に興奮しそうになるが、なんとか平静を装う。

不思議そうな幸太郎に挨拶をして彼のもとを去ってから、凌は飛びつくようにして貴砺に向き合った。

「貴砺さん！　探してる物が分かったかもしれません。今すぐお邸に帰りましょう」

「香港か？」

「いえ、東京の方です」

「分かった」

ちょうど迎えの車が目の前に到着したので、飛び乗った。

助手席の王月林が何かを察したのか、「急がせますか？」と声をかけてくる。

「お願いします。あ、でも安全運転で」

と言い添えておかないと、運転手がすごいドライブテクニックを見せてくれそうだ。

塔眞邸に戻ると、いつものように使用人たちに恭しく迎えられた。

築百年を軽く超える洋館は、それ自体が骨董であるかのような存在感を示している。

凌はすぐに警備に連絡を入れ、ロックの解除された東の角部屋に飛び込んだ。

貴砺が所持している骨董の約半分は、この屋敷に収蔵されている。そのため警備が厳重で、骨董を管理している凌でさえも入退室記録が残る仕組みになっているし、そもそも大半の骨董が収蔵されている屋根裏部屋は扉も通路も隠されている。存在を知らなければ、見つけることすらできないだろう。

この東の角部屋は、骨董を「飾る」ことを目的としているため、秘密の骨董部屋よりは警備がずいぶん緩い。それでも凌や貴砺以外の人間が簡単に入れる部屋ではないが。

凌はきっちりと扉を閉めると、室内のもっとも目立つ場所に飾っている青磁の瓶に向かって足を進めた。貴砺も黙ってついてきてくれる。

それは光を湛《たた》えた湖のような、美しい翡翠色《ひすいいろ》。鋭角なラインを描く首の両側には龍の装飾が施された取っ手があり、胴周りはどっしりとしている。全体を覆う釉薬《ゆうやく》の、とろりとした照り。中国の龍泉窯《りゅうせんよう》で、南宋時代に焼かれた名品だ。

真正面に立つと、その迫力に身震いが起きた。

本物だけが持つ圧倒的な存在感。

「――これです。『青磁青龍耳瓶《せいじせいりゅうじへい》』のひとつ」

「これは……二年ほど前だったか？」

「はい。今村家の所蔵する『青磁青龍耳瓶』と一対だと証明された――『双龍青磁《そうりゅうせいじ》』です」

『双龍青磁』。それは決して表には出ない、秘密の名称。

実はこの瓶と瓜二《うりふた》つのものが、今村家にも伝わっていたのだ。

以前、それが盗難の危機に晒され、凌は調査を頼まれた。その流れで、塔眞家所蔵のものと今村家所蔵のものは一対であることを凌は突き止め、証明してみせた。

しかし見た目はただの瓜二つの瓶。証明するには、ある「仕掛け」を解明して特殊な方法を用いなければならず……。

「貴砺さん、ふたつの瓶を並べて結んだ、龍の像を覚えてますか?」

「ああ。二頭の龍が絡み合っていたな」

「その図です。二頭の龍の体をなぞると、あの『記号』になります」

それはつまり、この『青磁青龍耳瓶』が『秘色』だということ。

貴砺が小さく息を呑んだ。

「凌の記憶力は一体どうなっているのだ?」

感嘆したように言われ、嬉しくもあるが、間違っていたらどうしようと不安が生じる。

「たまたまです。この青磁瓶は特に思い入れが強いですから。今すぐ像を結んで見せることができないので、断言はできないんですが……」

「試してみるか?」

「そうですね。半分だけでも先に確認してから、今村家の分を見せていただくお願いをして……」

そう口にしたものの、凌は重大な問題に気づいた。

怜人には、あの記号が記された骨董を探してくるように頼まれたのだ。

そして彼はさらに、祖父がその後も『秘色』を探していた理由を知りたがっていた。『秘色』のひとつがここにある『青磁青龍耳瓶』だと分かった今、凌たちはもう片方の――今村家所有の片割れこそが、祖父の探していたもうひとつの『秘色』であろうことを知ってしまった。

凌は困惑の目を貴砺に向ける。

今村家が所蔵する半身を、香港へ持っていくことなどできない。

「……もしかして、お願いしない方がいいんでしょうか」

「隠すか？」

今度は凌が息を呑んだ。

あまりにも自然に、その選択肢が提示されたから。

「……それって、怜人さんに嘘《うそ》をつくということですか？」

「黙っているだけだ。嘘ではない」

それは貴砺に対して、凌が常々思っていること。

貴砺は嘘をつかないと。ただ黙っていることがたくさんあるだけだと。

けれど、まさか本人の口からそのままの言葉を聞くことになるとは考えてもみなかった。

「兄の依頼は、私の所蔵する骨董の中から『秘色』を探し出せということだっただろう。

その言葉に反していない」

それは確かに。しかし詭弁《きべん》ではないだろうか。

「でも……見つけた『秘色』は記号の半分だけです。おのずから、もう半分の行方を探すという話になりませんか？」

「なる可能性は高い。だからこそ一族の者としての話の進め方がある」

一族の者として、という言葉に、凌は引っかかりを覚えた。

「おまえの素直さは美徳だ。だが、依頼されたからとはいえ、真正直にすべてを差し出す必要はないのだ。手札を残しておく方法も、そろそろ覚えるがいい」

「手札……ですか？」

「そうだ。おまえの立場を盤石なものとするために。やがて総帥となる兄と、劉人として対等に渡り合うために」

そんなことを言われたのは初めてだった。

その言い方では、まるで劉人としての凌の立場が確立されていないとでも言うようで……。

困惑する凌を、貴砺はじっと見つめる。

「凌」

改まったように呼ばれた。

貴砺はいつも通り泰然としている。

けれど空気がどこか張りつめていて――。

「おまえが『唯一の劉人』ではなくなる時がきた」

「え？」

「子どもはもう産まれている」

「…………え？」

首を傾げた。

子どもとは、祈のことだろうか。

ついさっき一緒に顔を見てきたところなのに、なぜこんなに改まって言われるのだろう、と疑問に思った。

しかし。

「もう言ってもいい頃合いだろう。ここでなら誰かに聞かれる心配もない。――兄夫婦の子どもは、すでに産まれている」

意味が分からなかった。

「……え？　……は？　……ちょ、ちょっと待ってください」

頭が真っ白になって……貴砺の言葉の意味を理解しようとするのに、なかなか思考がまとまらない。あまりにも想像していなかった事態で。

「我々はこの後、兄の定めた時期に香港に呼び戻される。それまでは待機だ」

「え？　え？　……待機？　……子どもって……麗那さんの……？」

当たり前のことを確認してしまった。それくらい信じられなかった。

貴砺は当然、とでも言うように、ゆったりと頷く。

「……嘘でしょう？」

「なぜ嘘をつく必要がある？」

「だって……おれの力が必要になるかもしれないからって……」

「ひとまず、その危機はすでに回避された。凌が気を揉《も》む必要はもうない」

「っ、みんな無事なんですね？　麗那さんも赤ちゃんたちも」

混乱しながらも、そのことが真っ先に気になった。

「母子ともに健康だと聞いている。そして安全な場所に身を隠した」

よかった。素直にそう思った。けれど、なぜ、という気持ちが湧いてくる。

なぜ知らされなかったのだろう。凌は――劉人なのに。

劉人である凌だけが、彼らを助けられる立場にあるのに。

実は麗那は、本家で禁忌とされている双子を身籠《みごも》っていたのだ。

一族にはこんな口伝がある。

『龍は天を識《し》り、地を翔《か》ける。龍はあらゆる生命を超越し、支配する。龍は力を漲らせ、しかしそれゆえに争いをなす。二頭の龍は禍《わざわい》の兆し。暗雲たちこめたる時は、龍を操る力を使え。その者の知方で道を進め。真の宝珠が現れし時、二頭の龍は一つになる。禍を転じて栄華を極める』

――『二頭の龍は禍の兆し』。拮抗《きっこう》する力は争いを生む。そのため一族は双生児を嫌い、ましてや後継者に据えるなどありえないとされてきた。双子は秘密裏に殺《あや》められると言われているほどに。

しかし唯一の例外がある。

それは、『双子で劉人』である場合。

塔眞一族にとって、劉人は何よりも優先されるべき存在なのだ。

家宝である劉宝を操り、一族に繁栄をもたらすと信じられているから。

凌は一族の謎を解き、産まれてくる新しい生命を劉人にする方法を見つけだした。その
ことを麗那だけに伝え、麗那はそれを実行した。

けれど成功したかどうかは、産まれた後、劉人の証明をしてみなければ分からない。だ

から双生児であることは極秘にされ、凌はずっと彼らのことを心配していたのだ。

劉人であることは、一族には生後百日目の『百日宴』の際に証明する予定となっている。だが万が一、それまでに怜人夫妻の子どもが双生児だと発覚したら、凌がすさかず劉人である証明をすることになっていた。

それなのに。

「どうして……教えてくれなかったんですか……？」

「子どもがすでに産まれていることを、一族の者に悟られるわけにはいかなかった。それゆえ、凌には黙っていた」

「……おれも部外者だってことですか？」

「違う。おまえがもっとも中枢に近い位置にいるからだ。感情に嘘をつくことができない凌が、麗那さんの身を案じる間、一族の者は『まだ』だと信じ込まされる。今回はそれこそが必要だった」

「そんな……」

騙《だま》された、と思ってしまった。

貴砺は凌に秘密をたくさん抱えているけれど……そのことを理解していたはずなのに、騙された、と腹が立った。

「……いつですか？」

「産まれた時期か？　正確な日時は私にも知らされていないが、おそらく我々が『天目茶《てんもくぢゃ》碗《わん》』の暗号で香港に呼び戻された時にはすでに産まれていただろう」

「っ！」

それはもう一ヶ月近く前のことだった。

怜人とは事前の取り決めがいくつもあり、凌たちは暗号を命令として動いている。

そのうちの一つ。本家から凌に対して『天目茶碗を見繕い持参せよ』と連絡が入ったら、麗那に医療措置が必要になったという暗号だった。

東京から香港にすぐに駆けつけたが、大事には至らなかったということで、凌は日常生活に戻ったのだが……まさかあの時にすでに産まれていたなんて。

「……っ、どうして教えてくれなかったんですか⁉」

「今、説明した通りだ」

「違います！　そうじゃなくて……っ」

言葉がうまく出てこない。腹が立って、腹が立って、仕方がなかった。

貴砺に対してこんな怒りを覚えたことが、これまでにあっただろうか。

いや、貴砺だけでない。誰に対しても、こんなふうに感情が爆発しそうになったことはない。

腹の底から怒りの炎が燃え盛ってくるような、そのもっと奥の方では灼熱《しゃくねつ》のマグマがグッグツと煮立っているような、これまでの人生で一度も感じたことのない怒りが噴き出してきた。

「っ、教えてほしかった！　貴砺さんだけは、おれを騙さずにいてほしかった！」

怒鳴ったら、貴砺が目を見張った。

「心外だな。騙したつもりはない」

「騙したのと一緒です！　だって、おれはずっと赤ちゃんと麗那さんの命を心配して……っ」

感情が昂《たかぶ》りすぎて、涙が滲みそうになった。

奥歯をグッと嚙《か》みしめて我慢する。

絶対に涙なんか見せてやるもんか。それは凌の意地だ。

「……っ、だ、黙ってただけだって、貴砺さんは思ってるのかもしれないけど……これは違います。おれに対する裏切りです！」

「裏切り？　たったこれだけのことが？」

鼻で嗤《わら》われた。それが怒りの火に油を注ぐ。

「おれにとっては、『たったこれだけ』じゃないっ！」

腹の底から怒鳴った。どうしても怒りを抑えられない。

それなのに貴砺は深い溜め息をつき、

「頭を冷やせ。……ここでなら、おまえも冷静になるだろう」

と踵《きびす》を返した。

信じられない。骨董さえ与えておけば、怒りも解けるとでも思っているのだろうか。

貴砺が部屋から去ると、凌はその場に座り込んだ。

腹の底だけでなく、体中が燃えるように熱い。怒りで熱い。こんな感覚、初めて経験する。

凌は両手で顔を覆い、小さく呻《うめ》いた。

泣きたくない。だから歯を食いしばり、呻く。

(貴砺さんのこと信じてたのに……！)

嘘はつかない人だと思っていた。凌に言えないことがたくさんあっても、嘘だけはつかない人だと……。

今回のことも、ただ「黙っていた」に過ぎないと貴砺は思っているのだろう。

けれど、違う。

黙っていることで、凌を利用したのだ。

それも「心配」という感情を。

生命を脅かされるかもしれないという不安と戦っている麗那を心配する気持ちを利用するのは、ただの「秘密」ではない。

それを貴砺は、きっと理解していない。

だから凌の怒りを受け止めてくれなかったのだ。

「……悔しい……！」

どうしてだろう。

これまでもたくさんすれ違って、ぶつかり合ってきたけれど、今回だけは違う気がした。

言葉を尽くして分かってもらおうとか、貴砺を理解したいとか思えない。

ただただ腹立たしくて……悔しくて。

（……だめだ。こんな気持ちのまま、ここにいちゃいけない）

貴砺はこのことだって誤解している。凌が骨董好きだから、この部屋にいれば冷静になれると思っているようだが、逆だ。長い時を経て歴史を刻んできた骨董に、敬意を払って向き合うために、心を落ち着けているのだ。

もちろん骨董に触れているうちに心が落ち着くことも、胸が躍ることもあるが、それは最低限の平静を保った上での話。

こんなに気持ちの乱れた状態でこの部屋にいるのは、骨董に対する冒瀆《ぼうとく》だ。

凌は部屋を出る。そのまま玄関へ向かった。

「凌様。お出かけですか？　車をご用意いたします」

声をかけてきたのは、塔眞邸の警備隊長である石動舜《いするぎしゅん》だった。

シベリアンハスキーを彷彿《ほうふつ》とさせるキリッとした顔立ちと雰囲気に、漆黒のスーツ姿。

警備責任者である彼が玄関などにいるのはとても珍しい。もしかしたら貴砺が手を回したのかもしれない。そう思ったら、腹立たしさがぶり返してきた。

「結構です。頭を冷やしたいので歩きます」

どうやら自分は、頭を冷やせと言われたことにも怒っているらしい。

凌が今ここで言った言葉の一言一句も、これから玄関を飛び出して正門までの長い道のりをひたすら歩くだろうことも、貴砺に筒抜けだと分かっていてそうするのだから。

車だと数分で通り過ぎてしまうアプローチも、徒歩だとなかなか進まない。塔眞邸の庭には雑木林が広がっていて、外の通りから建物はまったく見えない造りになっている。

正門には警備員が立っていたが、深々と頭を下げただけで何も言われなかった。

凌は道路に足を踏み出し、ずんずん歩く。

さほど車通りの激しい道ではないが、それでも往来はある。

どうせ護衛がついてくるのだろう……と、しばらく進んで振り返ると、正門の辺りには警備員しかいなかった。肩透かしを食らったような気持ちになったが、ふと思いついて、スマホの地図アプリを立ち上げる。そして緊急ボタンを押すと、パッと人型が浮き上がった。

凌の進む道の先にふたり、正門を挟んで反対側の道の先にふたり。どうやら先回りをさせていたらしい。

ここは日本なのに。

塔眞一族の全容なんて知らないし、確かに凌が誘拐でもされたら一族に迷惑がかかるのかもしれないが、凌だって成人男性だ。そう簡単に攫《さら》われたりしない。護衛なんて日本では必要ないのに。

まるで監視されているみたいだ……と思ってしまい、凌は唇を噛みしめた。

貴砺に対して疑心暗鬼になっているのか。それほど自分は傷ついたのか。自分自身のことなのに、よく分からない。

緊急ボタンを解除して、またずんずん歩く……と。

突然、往来する車の一台が凌のすぐ傍《そば》に停《と》まった。

真っ先に貴砺かと思った。だからキッと睨《にら》む勢いで振り向くと。

スーッとワゴン車のドアが開いた。そして中からワッと身を乗り出してきたのは。

「しのぐしのぐ、しーのぐ～！」

まさかの千波矢《ちはや》。貴砺の母方の従兄弟。

だけでなく。

「しーちゃ！」

クルルル。喉を鳴らす大きな猫……もとい、雪豹のシュエと、青い瞳が美しい四歳児のルーセニカ。

ルーセニカは塔眞一族のライバルともいえるロシアの一族、ツヴェターエフの総帥の孫息子だ。ぷくぷくほっぺが相変わらず愛らしい。

「どうしたんですか!?」

思いもよらぬ顔ぶれに驚愕《きょうがく》していると、シュエがしっぽをピーンと立てて、ゆったりと車から降りてこようとした。

「わー、シュエ、待って！　こんなところで降りたら騒ぎになっちゃうから」

思わず両手で押し返そうと抱きかかえると、もふもふの感触にとろんとなった。シュエの真っ白な毛皮は気持ちよすぎる。

「凌、乗ってよ」

「のって～。しーちゃ、のって～」

「え？　でも……」

クルルル。シュエの喉が鳴っている。そしてすりすり頬ずりされているところに、少し離れた場所から自転車に乗ってやってくる一般人の姿が見えた。

これはまずい。シュエを見られたら、通報されかねない。何せ日本では野生で生息していない雪豹だ。それも四歳児の身長と同じくらいの巨大サイズ。

「これからお邸に行くんですか？」

「んーん、違う。乗ってから説明するから、早く早く～」

「やーくやーく～」

ルーセニカが真似《まね》しようとして舌足らずになっている。

ついさっきまで本当に腹を立てていたというのに、もふもふ攻撃と四歳児のキラキラ輝く瞳、そして千波矢のいつもの、明るさに呆気《あっけ》に取られているうちに、気持ちが凪《な》ぐのを感じた。

すぐさま塔眞邸に戻らないというなら、乗ってみるのもいいかもしれない。

今は少しでも頭を冷やす時間が欲しい。

（えい！）

　思い切って、飛び乗った。

「いぇーい！」

　千波矢にハイタッチされ、続けてルーセニカの小さな手と、シュエのもふもふしっぽともハイタッチ。このテンションは一体なんだ。

　凌が乗り込むと、車はすぐに発進した。

「でもよかった～。まさか僕たちの『凌出てきて～！』ってお祈りが通じるとは思ってもみなかったよ。どうしてあんなところを歩いてたの？」

「それは……。あの、それより、どうして千波矢さんがルーセニカたちと一緒にいるんですか？　しかも日本に」

「僕はね、ちびたちを父親のところに送っていくとこ。怜人兄さんに頼まれたんだ」

「え、あの人、今度は日本にいるんですか？」

　ルーセニカの父親の名は、エリク・ヴィクトロヴィチ・ツヴェターエフ。

　凌は以前、彼に骨董の挑戦状を叩きつけられて、振り回されたといういきさつがあるのだ。

「おとーしゃま、べっしょー。あいじんといっしょ」

ドキッとしてしまった。四歳児の口から零れた言葉に。

彼らの家族関係に口を出す権利もその気もないが、正妻と愛人の存在を普通に考えてしまっているルーセニカの将来が心配になる。

「東京ですか？」

「んーん、軽井沢《かるいざわ》。行く前に凌に会いたいね～って寄ってみたんだ」

「そうだったんですか……。というか、どうして千波矢さんが送っていくことに？　ツヴェターエフ家の方がいらっしゃるんじゃないですか？」

「なんかいろいろあるみたいだねぇ」

苦笑する千波矢に、ふと、彼も塔眞一族に振り回されたりするのだろうか……と考えた。

凌の目には、とても自由に映る千波矢だけれど、怜人の「頼み」がただの「頼み」であるはずがないと思う。

「それで、凌はなんであんなとこを歩いてたの？」

「ちょっと貴砺さんと喧嘩《けんか》して……あ」

さらりと再び聞かれて、するりと答えてしまっていた。

千波矢は目を丸くして、それから声を上げて笑い出す。手を叩きながらの大ウケだ。

「ケンカ!?　あの貴砺兄さんとケンカ!?　凌、すご～い！」

「……すごくないです。ちょっと感情的になってしまって」

と口では言ったものの、またしてもムカムカと腹立たしさが甦《よみがえ》ってくる。まだ全然冷静になれていない。

「家出しよう！」

「……え？」

「しばらく兄さんの顔見たくないでしょ？　家出しよ～」

まるでピクニックにでも誘うみたいに、千波矢がわーいと両手を挙げると、ルーセニカも一緒にわーいと万歳した。どこまで分かっているのだろう。

「とりあえず長野方面に出発～」

「え!?　だめですよ!?　あの父親には会わないですからね!?」

「まあまあ、いいじゃん。こうやってちびたちを送るのは塔眞家公認だからね。なんとかなるなる」

「千波矢さん！」

凌の抗議もなんのその、千波矢は大喜びで車を軽井沢に向かわせたのだった。

4

道中は本当にピクニックみたいだった。

いつの間に彼らはこんなに仲良くなっていたのか、ルーセニカはシュエのしっぽと手を繋《つな》いでいても、それをぶんぶん振り回すだけで不安な表情ひとつ見せなかった。以前は、そのしぐさを見せるのは不安の表れだったのに。

彼らの元気さに圧倒されているうちに、凌は少しずつ冷静になっていった。

（……とりあえず、貴砺さんに現状報告だけしとこう）

怒りを押し殺したせいで事務的な文面になってしまったが、一応メールで事情説明をした。しかし貴砺からの返事はない。

（……もしかして貴砺さんも怒ってるのかな？）

先ほどはどちらかというと彼の感情は呆《あき》れに感じたが、実際は怒っていたのかもしれない。そう思うと、なぜか悲しくなってきた。

……いや、違う。本当は自分は、はじめから悲しかったのかもしれない。

真実を話してもらえなかったことは、言い換えれば信じてもらえなかったということと同じ。

それが悲しくて……悲しすぎて、怒りにすり替えられていたような気がする。

そんなことを考えているうちに、車はツヴェターエフ家の別荘に着いてしまった。

到着するなり、玄関から男が飛び出してくる。

亜麻色の長い髪をひとつ結びにして振り乱している、エリク・ヴィクトロヴィチ・ツヴェターエフ。まるで大きな子どものように無邪気な笑顔で、両手を広げて駆けてくると、勢いよく車のドアを開けた。

「骨董探偵・凌さん！」

パアァッと笑顔を弾けさせせる。

「うわ～、うわ～、光栄だなー。骨董探偵・凌さんと、日本でも会えるなんて！　私は塔眞邸の半径十キロ圏内には近づけないので、骨董探偵・凌さんから会いに来てくださってとっても感激です！　ウラ～！　ウラ～！」

ハイテンションに大喜びするエリクに、凌は眉根を寄せた。

凌より先に、息子であるルーセニカに何か言うことはないのか。

そう不満を抱いていると、ルーセニカがシュエのしっぽを握りながら、ひょこりと顔を出す。

「おとーしゃま、ただぁいまかえりました」

「やあ、お帰り。ルーセニカも白いもふもふも変わりないようだね」

「はい」

「では中へ入りなさい」

さらっと言って、再び凌に向き直る。

「骨董探偵・凌さんも、塔眞一族次期総帥の従兄弟・千波矢さんも、どうぞどうぞ！」

「いえ、おれは結構です」

「遠慮せずにどうぞどうぞ！」

「遠慮ではありません」

心の底からそう言ったのに、「骨董探偵・凌さんは、噂《うわさ》通りの奥ゆかしい方だなぁ」と勝手に捻《ね》じ曲げて解釈されてしまった。

「心配せずとも、監禁したり薬を盛ったりしませんよ！　後で塔眞家の貴砺さんが迎えに来られるそうですから、それまで、ね？　ね？」

「え」

貴砺がここに？

思わず千波矢を見ると、彼も驚いたように自分のスマホを取り出して確認している。

「あ、ほんとだ。貴砺兄さん、こっちに向かってるみたい。ヘリだからもうすぐ着くね」

まさかのヘリコプターがここで登場するとは。まるでタクシーみたいに使ってしまう塔眞家の金銭感覚を今さら考えても仕方がないことだが、凌は唖然《あぜん》としてしまった。

「まあいいや。凌、ちょっとだけお邪魔しよ」

さくっと切り替えられてしまう千波矢に、凌は少し不信感を持った。

「……もしかして、はじめからおれをここに連れてくるつもりでしたか？」

「あ、バレちゃった？」

テヘペロじゃない。凌は眉根を寄せる。

「待って待って。でもね、凌が本当に嫌がってたら、こんなことしなかったよ。ただ怜人兄さんから、凌も誘ってごらん～って言われてたの。だからそうしただけだよ」

「……それって、おれが来ることで、何か塔眞家に利益があるということですか？」

「んん？　どうしたの凌？　やっぱり今日は変だよ。いつもならそんなこと言わないのに……貴砺兄さんとのケンカって、そういう感じのことなの？」

心配そうな目を向けられて、凌は口を噤《つぐ》んだ。

千波矢には言えない。彼もきっと、まだ麗那の子どもが産まれたことを知らずにいるから、万に一つでもそれを疑われてはいけないのだ。

なんと答えようかと思案していると、千波矢は「まあいっか！」とカラリと笑う。

「貴砺兄さんが来るまであと何十分か分かんないけど、鬼のいぬ間にデートしよ。ちびっこともふもふもいるけど、付き合いの長さと愛の深さじゃ僕が一番だからね！」

うっふっふ〜と腕を絡めてきたら、今度は反対側の手にルーセニカがガシッと摑まってきた。さらにシュエのもふもふしっぽが絡みついてくる。

「しーちゃ、いこ〜。ここの、おうちにわ、しーちゃのしゅきな、ちゅぼが、いっぱいあるよ〜」

「そうなのです、骨董探偵・凌さん！　特にここには古伊万里《こいまり》を多く所蔵してましてね」

ぐいぐい両側から引っ張られ、目の前では大の大人のエリクに舞い踊られ、凌はとうとう別荘に足を踏み入れてしまった。

築年数はまだ浅そうだが、煉瓦《れんが》造りの洋館はとても趣があり、嫌いではない。

しかし玄関を入るなり、ルーセニカがすっぽり入ってしまえそうな大きさの古伊万里の壺が廊下にズラリと並んでいたのには少し引いた。これでは飾りではなく陳列だ。もう少し情緒のある置き方はないのか。

「ね？　ね？　しーちゃ、ちゅぼでしょ？」

「う、うん。壺だね」

他になんとコメントしようか。悩んでいるうちに、さらにぐいぐいと中へ連れていかれた。

リビングルームだ。大きな暖炉が特徴的で、絨毯には熊皮やら、壁には立派な角を生やした鹿の頭部剝製《はくせい》やら羽を広げた鷲《わし》の剝製やらが所狭しと飾られている。みっちり、という感じだ。隙間《すきま》なく並べるのがエリクは好きなのだろうか。

これには千波矢も「わぉ」と驚いたような声を上げていた。あまりいい趣味とは思わなかった様子なので、心の中で、ですよね、と語りかける。

「さあどうぞ、お座りください！　今、酒を運ばせますね！」

暖炉前のソファを勧められるが、「お酒は本当に結構です。いりません」と丁重に断る。エリクは「骨董探偵・凌さんと酒を酌み交わしながら夜通し語り合いたいのにな～」と何度も食い下がったが、そこだけは頑として受け入れなかった。

ルーセニカに引っ張られてソファに座ると、両側を千波矢とルーセニカに挟まれ、足元にシュエが横たわり、広い部屋なのに狭く感じる。けれどその布陣のおかげでエリクはテーブル越しの正面にしか場所が取れず、少しホッとした。

「骨董探偵・凌さんは相変わらずモテモテですね！」

「……あの、以前にも言いましたが、その『骨董探偵』というのはやめてもらえませんか？」

「なぜです⁉　これほど素晴らしい二つ名は他にありませんよ、骨董探偵・凌さん！」

駄目だ。相変わらず言葉が通じない。

凌は塔眞一族に関する骨董がらみで何度も調査をしたことがあり、どうやらそれが、『探偵』というよく分からない噂となって囁かれているらしいのだ。

しかしエリク以外に、面と向かってこんな呼び方をする人はいない。

「あの陶片の挑戦状の一件の後、塔眞家にはこっぴどく叱《しか》られましてね。販路を一つ潰《つぶ》されてしまったんですよ～。あっはっは。さすがやることが容赦ないですね～塔眞一族は」

少しカチンときてしまった。

あれはエリクが骨董を冒瀆していたからだ。

彼は骨董に対する敬意のようなものが微塵もない。少なくとも凌はそう感じる。考え方がひとつも合わなくて、だから彼と骨董の話をしたいとは思えない。

凌は黙って彼の話を聞き流しておくことにした。

ただでさえ両脇《りょうわき》から、ルーセニカと千波矢がわぁわぁ話しかけてくるのだ。聞き取れなかったということにしておこう。

そう思ったが、エリクは負けずに大声を張って話しかけてくる。

「それでね、あの件はちょっと考え直すことにしたんですよ。代わりにちょっと調べものをしたくて日本に来たんですけどね、こういうのご存知ですか、骨董探偵・凌さん？ 神《じん》代《だい》文字のひとつだそうで」

テーブルの上に、エリクが紙を広げた。ところどころ欠けた古めかしい紙で、模様のような記号のような不思議な図がいっぱいに散りばめられている。

凌はそれに興味を引かれた。なぜならあの記号に雰囲気が似ていたから。

けれど興味を持ったことをエリクに知られてはいけないと思った。どちらかというと、反発心で知られたくないだけだが。

「神代文字って素敵ですよねぇ。浪漫に溢れています！ ロシアにもルーン文字なんかがありますが、日本のものはさらに絵画みたいで美しい。美しさは大事です。それに日本は種類も豊富！」

そうなのか。ルーン文字という言葉から、凌の脳裏でも「神代文字」ときちんと変換されたが、凌には日本の神代文字についての知識がない。

「もちろん伝わっているものすべてが本物とは言えないでしょう。真偽は分からないと言いますが、それさえも浪漫！ 中でもこの神代文字――龍《りゅうりゅう》流文字は、まだ解読中というからさらに浪漫満載！　ワタシはそこに携わってみたいのです〜！」

興奮気味にしゃべりまくるエリクの話を聞き流しながら、凌は紙に目を走らせていた。

そして——ハッとした。

似ているものがあった。とても。あの、怜人から託された記号と。

「龍流文字は四十八文字すべてを解読し、操ることができると、魔法を使えるというのです。なんとロマンチックな！」

（それはないいんじゃ）

「それはないでしょ」

千波矢の呟きが自分の心の声と重なり、ドキッとしてしまった。

「何をおっしゃいます、塔眞一族次期総帥の従兄弟の千波矢さん！　やってみないと分からないでしょう？」

「千波矢でいいよ〜、エリクさん」

「おや。では千波矢さん」

「はーい」

待ってくれ。凌が何度頼んでも妙な二つ名を呼ぶのをやめてくれないのに、千波矢ならいいのか。

「ねえねえ、その『りゅうりゅう』文字？　ってどんな漢字を書くの？」

「おっとこれは失礼。ドラゴンの龍に、流れると書きます。龍流文字。漢字もまた絵画みたいで美しいものですねぇ。ただもう意味が分かっているので浪漫に欠けますが」

「龍流文字かぁ。確かにちょっとおもしろそう。ね、凌？」

「っ、おれは別に……」

「そうですかぁ〜残念！　骨董探偵・凌さんと龍流文字について語り合いたかった……」

「おれは陶磁器専門なので、文字のことは分かりません」

「またまたご謙遜《けんそん》を！　古代の文字を解読されたことがあるそうじゃないですか〜」

ギクッとした。まさか……あの、中国の村でのことか。あれは絶対に知られてはいけないものなのに。

この男、凌のことをどこまで知っているのだろう。

無邪気に見えるが、その通りであるわけがないと警戒した。ところが。

「聞きましたよ〜、学芸員から」

「……え？」

エリクは満面の笑みで、瞳をキラキラ輝かせる。

「美術館に来た日本人の誰に聞いても分からなかった日本の古代文字を、さらりと解読してみせたんでしょう⁉　さすが骨董探偵・凌さんだ！」

力が抜ける。それはロシアの美術館で読んでみせた、古伊万里の大皿のことだ。源氏物語の一節が草書体で書かれていただけのこと。

一瞬気が抜けたが、あの一件を知られていることも不気味だった。やはり警戒は解いてはいけない。

「エリクさんって、そういう情報どっから仕入れてるの？」

ストレートすぎる千波矢の問いには、ギョッとした。けれどエリクは「よくぞ聞いてくださいました！」と大喜びで応じる。

「我々には協力者がたくさんいます。ロシアにいる限り、情報はいくらでも集まってくる。あの美術館には我々の財団が多額の資金援助をしてますからね！」

つまり学芸員が情報を流したということか？

しかし財団のポスターが貼《は》ってあっただけで、直接の繋がりがあるようには思えなかったのだが。

「我々が中国に進出するのが難しいように、塔眞一族もまた我々の支配地域に進出してくるのは至難の業だと思いますよ～。ただし骨董探偵・凌さんなら大歓迎ですが！」

「……それは、あなたの事業に協力する場合ということですよね？」

「その気になってくださいましたか⁉」

「なってません」

「あらら残念～。絶対に浪漫溢れる夢物語を現実にできるのに～」

そんな話をしていると、遠くの方からヘリコプターの音が聞こえてきた。こちらに近づいてくるようだ。

「お？　塔眞家の貴砺さんが来られたようですね？」

エリクが窓の外に視線をやり、独り言のように呟く。

「ちょっとヘリポートの用意をさせてきます。一緒に行きますか？」

「え、ヘリポートってここにあるんですか？」

「もちろん。庭に」

ということは、エリクも日常的にヘリコプターを使うのか。セレブな世界は一体どうなっているのだろう。

そう思うと同時に、この屋敷にはそれほど貴重なものは収蔵していないのだな、と思った。

東京の塔眞邸はヘリコプターで攻めてこられることがないように、あえて敷地内にはヘリポートを作っていないから。

「凌はだめ〜。ここで僕たちと留守番してます」

「ええと……」

「しーちゃ、ここにいる〜」

両側から腕を引っ張られ、ソファに縫いつけられてしまった。

エリクは残念そうな顔をしながらも、

「仕方ないですねぇ。塔眞家の貴砺さんをお迎えしないわけにはいきませんからねぇ」

唇を尖《とが》らせて、後ろ髪を引かれるように何度も振り返りながら廊下に出ていく。

その途端、千波矢が勢いよく立ち上がった。

「凌っ、危ない！」

(え!?)

突然の叫びに、凌は咄嗟《とっさ》にルーセニカに覆いかぶさっていた。

頭で考えたのではなく、反射的に。

けれどそのすぐ後に、カシャッとシャッター音がして、我に返った。

顔を上げると、千波矢がスマホをテーブルにかざして写真を撮っていた。正確には、テーブルの上に広げられている龍流文字の一覧を。

「千波矢さん、何して…」

「あ～、びっくりした！　僕の勘違いだったみたい～」

そう言いながら立てた人差し指をスッと唇の前に当て、一瞬で離した。撮ったことを知られたくないらしい。でも、なぜ？

ルーセニカがもぞもぞと顔を上げる。アクアマリンのような青い瞳をパチパチと瞬《しばた》かせて。

「びっくりした……」

「ごめんね、ルーセニカ。シュエも驚かせたよね」

もふもふのしっぽが、千波矢の足をピシッと叩く。「アウチッ」と脛《すね》をさするが、千波矢は笑顔だった。

今のは一体何だったのだろう。

すぐに聞きたいが、ルーセニカに知られてはいけないことなら……と考えているうちに、ヘリコプターの音が爆音に近くなった。

どうやら庭に到着したようだ。

「貴砺兄さん来ちゃったね～。凌、どうする？」

「え？　何がですか？」

「だって、ケンカしてるんでしょ？　追いかけてきてくれたからって、もう許しちゃうの？」

　そう言われると、悲しい気持ちがぶり返してくる。

「しーちゃの、オット、ごめなしゃって、したら、ゆるちたげる？」

「え～？　貴砺兄さんが謝るかなぁ？」

「でも、けんかは、ごめなしゃ、れしょ？」

「あう。純粋な瞳と言葉が胸を抉《えぐ》る」

「えるる？」

「今のは詩を詠《よ》んだみたいなもんだから、ルーセニカは気にしなくて大丈夫だよ！」

「だー」

　こっくり頷くルーセニカの愛らしさに、思わず頭を撫でた。亜麻色の髪が指に柔らかく馴染《なじ》む。

「あ～、ちびだけずるい！　僕も撫でて、凌～」

「え、え？」

　ずずい。千波矢が身を寄せてきたと思ったら、シュエまで膝《ひざ》にのし上がってきて、もふもふの体を押しつけてくる。

　これは一体どうすれば。雪豹のシュエを撫でるのは吝《やぶさ》かではないが、千波矢はまだ十九歳とはいえ、以前の小さな男の子ではなく、身長も伸びてすっかり青年になっている。

撫でる？　頭を？　と混乱してしまった。

けれど「撫でて〜」と繰り返す千波矢に、ルーセニカもまた「なでで〜」と、シュエまでぐいぐい顔を押しつけてくるので、凌は半ば勢いだけで、ふたりと一匹をまとめてわしゃわしゃかき回す。わぁいわぁいと喜んでくれるとこちらも嬉しくなって、ますます熱心に撫でまくっていると。

「何をしている」

突然、ガシッと背後から手首を摑まれた。

驚いて振り向くと、貴砺が眉間《みけん》に深い皺《しわ》を刻んで立っていた。

いつの間に部屋に入ってきていたのか、気づかなかった。

すぐ傍でエリクが目を輝かせ、「ケンカですか？　ケンカなんですか？」となぜか嬉しそうにしている。

「……相変わらずモテモテのようだな」

「え？」

低い声で唸《うな》られて、きちんと聞き取れなかった。

しかし貴砺は用など済んだとばかりに凌の手首を放り出し、エリクに向き直る。

「それで見せたい古代文字とは？」

「これです、これ。龍流文字！　まだ全部は解読できてないんですが、浪漫溢れるでしょう～？」

どうやらさっそく話していたらしい。

エリクは子どもみたいに無邪気にテーブルまで駆けてきて、古紙を無造作に摑み上げた。破れやしないかとハラハラしてしまう。思わず、もっと丁寧に扱ってください、と言いかけて、グッと言葉を飲み込んだ。興味を持っていることを知られてはいけないと思ったからだが……。

「ほう、確かにおもしろそうだ」

貴砺の言葉に、ギョッとなった。

(もしかして貴砺さん、あの記号と似てるって気づいてない……!?)

「エリク・ヴィクトロヴィチは、なぜこれを調べようとしている？」

「やだなぁ、塔眞家の貴砺さん！　エリーチカと呼んでくださいといつも言っているのに、堅苦しい～」

「慣れ合う必要はない」

けんもほろろに断る貴砺に、エリクはなぜか「さすがお噂通り！　クール！」と喜んでいる。

（この人って、立場としては怜人さんと同じはずなのに……大丈夫なのかな）

よその一族の心配をしている場合ではないのだが。

「ワタシがこれを調べようとしているのは、神秘に惹《ひ》かれたからなのです！　例の雪豹形磁器は販路の一つをぶっ潰されてしまったでしょう？　だから他に心躍るものはないかと調べていたら、日本の神代文字に出逢ったのです！　塔眞家に？　種類の多さと歴史の古さと絵画のような美しさに惹かれた！　心が躍ったのです！　ならばワタシが進む道はこっちです！　中でも、まだほとんど注目されていない龍流文字！　四十八文字すべて解読して、魔法を使えるようになりたいのです！」

相変わらず意味が分からない。それなのに貴硛は、「なるほど」と相槌《あいづち》を打つ。

「分かってくださいましたか⁉」

「いや、分からん。だがエリク・ヴィクトロヴィチが陶磁器の偽物村から手を引くだろうことは理解した」

「あっ、それはもう胸が痛いので言わないでくださいー。ニェーです、ニェー」

「それで、魔法とは具体的にどのようなものを指すのだ？」

「興味を持ってくださいました⁉」

　ガバッと貴砺の方に身を乗り出す。凌なら仰《の》け反《ぞ》ってしまいそうな勢いなのに、貴砺は泰然と佇《たたず》んでいる。

「荒唐無稽《こうとうむけい》すぎて聞いてみただけだ」

「それを私は興味と呼びます。心がダーと頷くなら、素直になってごらんなさい、塔眞家の貴砺さん」

「馬鹿げたことを。帰るぞ」

　ソファの背凭《せもた》れ越しに凌の肩を摑み、立ち上がらせようとする。

　しかし凌の両腕には千波矢とルーセニカが、膝の上にはシュエが圧しかかっていて身動きできない。

「あっ、待って待って。見てください、これです！　この古文書が、龍流文字の一覧だそうです。完全ではありませんが。一緒に謎を解き明かしませんか!?」

「興味ない」

「……そうですか。心がニェーと言うなら、しょうがない。ですがこれを解き明かせたらひと儲《もう》けできそうなんですけどねぇ」

「魔法が使えるから解読するのではなかったのか」

「もちろんそれが一番です。でも儲けを追求するのも楽しいでしょう？」

「楽しさを追求する生き方もあるということは認めよう、エリク・ヴィクトロヴィチ。だが私には必要ないことだ」

「ううーん。かなり考え方が違うようですねぇ」

と渋い顔で呟いたので、ようやく言葉が通じたかと思いきや。

「ますます興味を惹かれました！　骨董探偵・凌さんは私の憧《あこが》れですが、さすが彼の選んだ塔眞家の貴砺さんだ」

ウキウキと踊りださんばかりのエリクを無視して、貴砺は「帰るぞ」と再び凌に声をかけてきた。

「……えっと、今ちょっとこんな状態で」

「おまえに張りついている獣どもを蹴散《けち》らせという意味か？」

「違いますっ」

貴砺はまだ怒っているようだ。

出逢った頃の彼なら、問答無用で実行しかねないことだが、今は言葉だけで済んでいるだけましなのだろうか。

甘さの欠片もない眸で凝視されて、凌はこれ以上、意地を張ってはいけないことを悟る。

「……ルーセニカ、お招きありがとう。帰るね」

「え～。しーちゃ、かえっちゃうの？」

「なんと、骨董探偵・凌さん！　もっとゆっくりしていってください」

「いえ、もう失礼します。帰ります」

はっきり言っておかないと、エリクにまた曲解されてしまう恐れがある。

「シュエ、膝からどいてくれる？」

クルル……甘えるように喉を鳴らすもふもふの雪豹を、無理やり膝から下ろすのは忍びなくて、自発的に下りてくれるのを待つ。

するとルーセニカが突然、キッと貴砺を見上げた。

「しーちゃの、オットト、ごめにゃさ、した⁉」

慌てる凌をよそに、貴砺は眉間の皺をキリリと深くして。

「なぜ私が謝る必要がある？」

ドスの効いた声に、ルーセニカが「ひょー」と凌に抱きついた。

「貴砺兄さん、ちびっこにも容赦ないなぁ。アレだよ。ケンカしたらごめんなさい、って言う幼児の純粋な言葉だよ」

「……なるほど。凌にとってあれは喧嘩という認識なのか」

ということは、貴砺にとっては違うのか。

ひとりでキリキリ怒っていたのかと思うと……いや、悲しんでいたのかと思うと、また悔しさがぶり返してきそうになる。

「ならば相互認識のすり合わせが必要だな。凌、帰る気があるなら、今すぐ立て」

立ち上がっていた。考えるより先に。

膝の上のシュエが足に縋《すが》りついたままだが、凌の意思が通じたのか、すぐにどいてくれた。両手に摑まっているルーセニカと千波矢も、不満そうにしながらも離れてくれる。

（……そっか。さっきまでのおれは、本当に帰る気になってなかったんだ）

そういう気持ちも、もしかしたら貴砺に見透かされていたのかもしれない。そう思ったら少し悔しいが、これ以上、感情を拗《こじ》らせるのはとてもしんどい。

貴砺と話したいと思った。

「帰ります。お邪魔しました」

エリクにさんざん引き留められたが、廊下を進む貴砺の後をついて強引に帰ることにした。

外に出ると、ヘリコプターではなく車が待機していた。

当然、千波矢も一緒に帰ると思っていたのに、貴砺は「おまえの面倒まで見る気はない」と千波矢に言って、凌だけを車に押し込める。

「ああ～凌ぅ～」

悲壮感たっぷりに手を伸ばされて、彼ひとりを残していくことが心配になったが、車は問答無用で発進した。

千波矢が大きく手を振った。エリクとルーセニカとシュエも並んで、がっかりしたように肩を落としながら、一緒に手を振ってくれる。

凌も手を振り返そうとしたが、貴砺に手首を摑まれて阻まれた。

「貴砺さん」

抗議を籠《こ》めて呼ぶと、じろりと睨まれた。

「別荘に着いてからだ」

別荘？　どこの？　そう思っているうちに、車は軽井沢の町を走り抜け、長閑《のどか》な風景になってきた。やがて、あるログハウスの前で停まった。

初めて見る建物だ。

「ここも塔眞家の別荘なんですか？」

尋ねたのに答えてくれない。

運転手が外から開けたドアを、当然のものとして無言で降り、さっさとログハウスの玄関に向かってしまう。

凌は慌てて後を追った。

ログハウスには、塔眞邸と同じお仕着せを着た使用人が数人いて、

「おかえりなさいませ」

と、恭しくお辞儀をして迎えてくれる。

それだけでもう、ここが塔眞家の持ち物だということが分かった。

「ご準備はすべて整っております」

女中頭らしき人が言うと、貴砺は一瞥をくれただけで、無言で奥に進む。

凌はぺこりと会釈をして、貴砺に続いた。

初めて訪れた別荘らしき建物を観察する暇もなく、どんどんと奥へ行く。廊下のずっと先に、リビングルームらしき空間と暖炉が見えた。しかし貴砺はそちらではなく階段を上がる。

すべてが木でできた建物はとても趣があり、こんな時でなければどれほど心躍っただろう。

二階に上がると、いくつかのドアが並んでいた。そのうちの一つを貴砺が無造作に開ける。

ドキッとした。そこは寝室だったから。

部屋の中に大きなベッドが見える。ベッドサイドのランプが小さく灯《とも》るだけで、薄暗い。カーテンが閉められているせいらしい……と、部屋の前で立ち止まって考えていたら、ガッと腕を摑んで引かれた。

「っ！」

「脱げ」

短く命じられる。

信じられなかった。

「っ、いやです」

「私に逆らう気か。――ああ、『喧嘩』だったか？」

「っ……！」

貴砺は怒っている。腹の底から。

まるで昔に戻ってしまったみたいに、傲慢に、凌に命じる。

喰らいつかれて引き裂かれそうな迫力に、凌は震えた。

――怖い。

この人が、これまで一緒に歩んできた貴砺ではないように思える。

「脱げと言っているのが分からないのか」

話し合うことを避けたからだろうか。

貴砺に分かってほしいと、貴砺を理解したいという気持ちを放棄したから、こんなことになっている？

凌はかぶりを振った。

いやだ、待って、と。話を聞いて、と言いたいのに言葉が出ない。

ドンッと突き飛ばされて、凌は倒れ込んだ。瞬間的に覚悟した痛みは襲ってこず、自分がベッドの上に放り出されたのだと体の下で弾むスプリングで理解した。

貴砺が圧しかかってくる。

薄暗い部屋の中、その影は巨大に見えた。

喉がカラカラに渇く。身動きひとつ取れない。

貴砺の手が、凌のシャツにかかった。鷲掴むように握られて——破られる、と恐怖した。

それはかつて蹂躙《じゅうりん》された時の悪い記憶を呼び覚ます。

今は愛しくさえ思っていたかつての傍若無人な貴砺が、いざ目の前に現れてみると、怖くてたまらなくなった。

凌は震える。

いやだ。もう二度と、あんなふうに犯されたくない。——無意識のうちにそう思った自分に戦慄《せんりつ》する。

そうだ、抱かれるのではない。これから自分は犯されるのだ。

そう考えた瞬間、凌は目を見開いた。

「っ、絶対にいやだ！」

手足をめちゃくちゃに動かし、凌は暴れた。

貴砺の顔や肩や脚や胴、あらゆる場所に拳《こぶし》や膝がぶつかる。

絶対に、負けるものかと思った。どれだけ力で押さえつけられようとも、抵抗してみせる。意に添わない性交などあってはいけない。貴砺を愛しているからこそ、許せない。

「凌！」

ガッと右手首を摑まれて、シーツに縫いつけられる。それでも左手で、そして膝で、貴砺を攻撃し続ける。

唇に嚙みつかれそうになって、顔を背けた。頰を嚙まれ、ビクッとした。

「凌！」

耳の傍で大声を出されて首を竦《すく》めた。動きが一瞬止まってしまったその隙を貴砺は見逃してくれず、四肢を押さえつけられた。

はあはあと乱れる呼吸。凌も、貴砺も、肩で息をしていた。

じっと凝視されている。その視線に立ち向かうように、キッと貴砺を睨みつけた。けれどその瞬間、凌は怯む。……思っていたような目をしていなかったから。

貴砺のまなざしは、静かだった。髪を乱し、肩で息をしているのに……まるで凪《なぎ》のような穏やかな眸。そこに怒りや支配欲のような感情は欠片も滲んでいない。

凌は拍子抜けしたような心地で、思わず体から力を抜いた。すると貴砺も拘束を解く。凌の上からどき、ベッドに座り直した。

一体何が起こったのだろう。

「……もう無理だ」

思いがけない貴砺の呟きに、心臓が潰れるかと思った。

それは凌との関係のことだろうか。

たったこれだけのことで壊れるくらい——いや、たったこれだけではないと悲しみ、腹を立てたのは凌の方だった。貴砺もまた、同じくらい深い憤りを感じていたのか……？

体の芯《しん》から冷えていくような恐ろしさに、凌は硬直した。

しかし。

「私はもう、凌を力で従わせることはできない」

貴砺の口から零れた言葉は、想像もしていなかったもの。

信じられなくて、自分の耳の方を疑ってしまった。

けれど貴砺は深い溜め息をつくと、乱れた髪をかき上げて小さく笑う。

「たとえ無理やり抱いたとしても、凌は私の望む凌にはならない。私はもうそのことを知っているのだ」

私の望む『凌』。その言葉に、思いがけないショックを受ける。

自分は彼の望む姿から、そんなにかけ離れているのだろうか。その疑問は、いつか訪れるかもしれない別れを連想させて、背筋がゾッとした。

そして凌は、こんなことになっても貴砺と別れるつもりなど毛頭なかった自分に気づかされる。

裏切られたと悲しみ、分かってもらえないと腹を立て、家を飛び出し……。それは裏を返せば、自分を分かってほしいと駄々をこねていたことと同じではないだろうか。

そんな子どものようなことをしてしまった自分に、羞恥《しゅうち》が沸き起こる。

「これが、人を愛するということなのだな」

「……え？」

「望み通りにならない。それなのに愛しい。……いや、だからこそ愛しいのかもしれない。凌以外の人間にこのような感情は抱かない。私はおまえを愛しているのだと、再認識させられた」

　凌はゆっくりと身を起こした。

　貴砺が手を引き、その動きを助けてくれる。

　顔と顔が近づいた。けれどいつものように強引に唇を奪われたりしなかった。

「話すがいい。凌、おまえの気持ちを」

　話ができる。今、この時、互いの心には薄い膜一枚も隔たりがないと感じた。本音と本音を晒し合える。こんな感覚になったのは初めてだった。

「貴砺さんのこと、信じてたんです」

　言葉が唇から転がり落ちた。

「貴砺さんには立場がある。だからおれに秘密にしなければいけないことがあるのは、分かってます。おれだって劉人として、あなたに秘密を持ってる。そのことがお互いを守ってるって、ちゃんと理解してます。……でも、今回のことは……。『秘密』でおれの感情を利用して、翻弄した。それは『嘘』です。貴砺さんはおれを騙した。少なくともおれはそう感じたんです」

「『裏切り』だと言っていたな。それほど深く傷ついたということか？」

「傷ついた……？　いえ、ただ、悲しかった。はじめは腹が立って仕方がなかったんですが、その気持ちの源は悲しみだった。……それから、今は悔しいです。おれは本当に、輪の中にいなかったんだなって」

「それは話しただろう。凌が中枢にもっとも近い人間だからこそ……」

「中枢にいると思ってたんです！」

貴砺の言葉を遮り、凌は訴えた。

「とんだ思い上がりですよね。……でも、本当にそう信じてたんです。おれは劉人だから。貴砺さんにも一族にも必要な存在だから、中枢の一員だって」

「……的外れではないと思うが？」

貴砺は本当に理解できないようだった。

つまり中枢の人物だろうが、貴砺にとっては騙し合うことに躊躇《ためら》いはないという意味か。普段の彼らを見ていると、そうかもしれない、と凌は思った。

凌も、もし怜人に騙されたとしても、こんなふうに感情を爆発させたりしなかっただろう。

「……おれにとって、貴砺さんと同じものを見たいというのは悲願です。貴砺さんの視野はとても広い。あなたに見えているものが、おれには見えていない。貴砺さんは、おれだけの視点でものを見ることこそがあなたに必要だと言ってくれるけど……何かあるたびに、まだまだだって思い知らされるんです。もっともっと学ばなければって、焦りが募る」

「焦る必要などない。おまえは私の期待以上によくやっている」

貴砺はそう言って甘やかしてくれるけれど、凌が言いたいのは違うことだ。

「おれはね、貴砺さん。赤ちゃんの……」

口にしてから、ハッとした。ここで話してもいいことだろうか。

視線と口パクで尋ねると、貴砺は小さく笑って頷いた。

「この部屋で話したことは一切外に漏れない。心配するな」

「……どうして笑ったんですか？」

「このような状況でも他人や一族のことを先に考えるのだなと、おまえの心根の美しさに惚れ直した」

「っ、何言ってるんですか……」

頬を、親指の腹ですりっと撫でられる。

貴砺のまなざしに熱っぽいものを感じて、凌は思わずその親指を摑んで引き下ろした。

「……話を戻します。おれは、麗那さんの赤ちゃんに関しては、貴砺さんと同じ景色で同じものを見ていると思ってたんです。大きな秘密を共有して、新しい生命の誕生を待ちわびて、……無事に生まれたら、すべてがうまくいったら、一緒に喜べるって。……祈の誕生をみんなでお祝いしたみたいに、……一緒に、喜べるって……」

なぜか鼻の奥がツンとして、涙声になってしまった。

そして凌は、ようやく自分の気持ちを悟る。

一緒に喜びたかったのだ。

貴砺と、麗那や怜人と、新しい生命の誕生を。

双生児だという大きすぎる秘密を抱えているために、無事に生まれてくることを心配し続けていて、だからこそ秘密を知る者として彼らと一緒に喜びたかった。

「……すみません。今分かりました。……おれ、ただ一緒に喜びたかったんだ……。それなのにその機会が永遠に失われたことが悔しくて……。……ただの我《わ》が儘《まま》ですね」

「おまえはどこまで美しいのだ？」

突然抱きしめられて、凌は息を呑んだ。

嗅《か》ぎ慣れたフレグランスに包まれる。その途端にホッとした。帰ってきた、と思った。離れたのはたった数時間だったのに、こんなふうに心が遠ざかったのは初めてで……寂しかった。

凌も、そっと抱き返す。頬と頬が触れ合い、貴砺の鼓動を感じた。とても力強い脈拍。それを感じた瞬間、凌は思った。――生きていればそれでいいじゃないか、と。

無事に誕生したことを秘密にされていて、感情を翻弄されて、悔しくて、悲しくて……

でも、双子は生きている。

今この瞬間、凌はまだ会えないけれど、ちゃんと鼓動を刻んで、生きているのだ。

もうそれだけでいい。本当ははじめから、それだけでよかったのだ。ただ自分が秘密を共有し合えていると思い上がっていたから、欲張ったことを考えてしまっただけで。

塔眞一族には秘密が多い。

凌には知らされていない秘密なんて、山ほどあるに違いない。

そのすべてを知ることができるなんて思ってもいないし、……知らなくていい。

凌はただ、この人と生きていきたい。

塔眞貴砺という人と、一緒に、並んで歩いていきたい。

同じ景色を前にして違うものを見ていたとしても、それは決して悲しいことではない。

分かっていたはずなのに、感情的になって翻弄されてしまった。

「貴砺さん、……仲直りをしてくれますか？」

「それはお誘いと受け取っていいのだな？」

首筋を、鼻先ですりっとなぞられて凌は震えた。

このひとが欲しい。肌と肌で触れ合って、この身で熱を感じたい。

貴砺の髪に指を潜らせ、優しく引く。凌の意図を察してくれた貴砺が唇を寄せてきた。いつもされるみたいに、がぷりと喰らいつくと、貴砺が吐息で笑った。

その吐息を奪いたくて、強く吸う。

「熱烈だな」

嬉しそうにそう言った貴砺も、凌の頭をがっちりと摑んで深いキスを仕掛けてくる。舌と舌を絡め合い、吐息を交換する。そうする間にも互いの体をまさぐり合い、凌は貴砺の、貴砺は凌の服を脱がせ合う。凌が上衣で手間取っているうちに、先に一糸まとわぬ姿にされてしまった。

「美しい」

「なっ……」

何言ってるんですか、と言いかけたが、ベッドに転がされて言葉にならなかった。

貴砺が圧しかかってくる。そのまなざしには確かな欲情が滲んでいて……ドキドキするとともに、ホッとした。

抱きたいと思ってくれている。

自分だけが欲しがっているのではない。

それは凌を安心させるとともに、大胆なことを考えさせてごくりと生唾を飲み込む。

「凌？」

「……貴砺さんも」

貴砺の下肢に手をやり、ベルトを外そうとした。けれど位置を誤って、布越しに彼のものを両手で刺激してしまった。

息を呑んだのは同時だった。

凌は頰を赤らめる。本当は、スラックスを脱がせて直に触ろうと思っていたのに……と考えて、そちらの方が大胆なのにこの恥ずかしさはなんだろう。

「凌」

唇に喰らいつかれ、荒々しいキスをする。

貴砺の手が凌のものを摑み、揉みしだく。無意識のうちに腰が浮いた。凌も負けじと、貴砺のものを愛撫《あいぶ》する。布越しに感じる存在感。……触れたい、と思った。こんな布越しではなく、直に。

手探りでベルトを外し、下着の中に手を差し入れる。貴砺が自分でぐいと下着を下ろし、凌のものにこすりつけてきた。

「んっ」

熱い。まだ兆したばかりのものなのに、触れ合わせただけで達しそうな快感に見舞われる。

くちづけを続けながら、貴砺が腰を何度も押しつけてきた。凌も貴砺も、互いのものをこすり合わせるように手を添えて、それぞれのリズムで腰を振る。

そうしているうちに、凌は後孔にもどかしさを覚えた。

ここに欲しい。貴砺のものを挿《い》れてほしい。ものすごい質量で中をこすってほしい。そんなことを考える自分が恥ずかしくて、けれど次第に我慢できなくなってくる。

「……た、貴砺さ……」

彼の手を後ろに導く。さすがに蕾にまで触れてもらうことはできなくて、もどかしく腰を揺らめかせた。

貴砺が小さく笑う。すべて見抜いているかのようなその笑みに、カーッと頬が熱くなった。

「凌、愛し合おうか？」

唇を指でなぞられ、彼の言わんとしていることが分かった。

凌は返事もせずに身を起こし、貴砺を押しのけるようにして彼に圧しかかった。逞《たくま》しい胸、そして腹を唇で辿《たど》り……そしてかぶりつく。彼のものに。

「っ」

貴砺が小さく息を呑んだ。気持ちいいのだろうか。だったら嬉しい。

大きなものにしゃぶりつき、舌で舐《な》め回しながら唇をすぼめて上下した。口淫するのは初めてではないのに、初めてみたいにドキドキする。

されるがままになっていた貴砺も、凌の背中に覆いかぶさるようにして身を屈《かが》めてきた。凌の秘部に触れる。ひくっとそこがうごめくのが分かった。指先で撫でられているうちに、とろり……と液体が垂らされる。いつの間に用意していたのか、貴砺はジェルを持っていたようだ。

太い指が、くぷりと中に入ってきた。

異物感はあるのに、違和感はもうない。もっと太いものでそこをこすられることを快感として、すでに記憶してしまっている。

指はゆるゆると秘部を出入りする。二本目、三本目と増やされて、凌は我知らず腰を振っていた。

早く、早くそこに欲しい。口淫は激しさを増し、じゅぷじゅぷといやらしい音を立ててしまう。貴砺の怒張はすでに弾けんばかりに大きくなっているのに、凌に施す愛撫はとても冷静に思える。なんだか悔しくて、口にしているものを思い切り吸った。とろりと舌に青臭い味が広がる。先走りが滲んだのだ。少しだけ勝ったような気がして、もう一度吸い上げようと息をついたら。

「凌」

肩を摑まれ、ぐいと押された。

ベッドに転がってしまう。そしてすかさず両足を抱え上げられた。

圧しかかってくる貴砺。苦笑する彼の中心は、腹を打つほど反り返っていた。

それが、凌の秘部に当てられる。

「おまえの中で達《い》かせてくれ」

ぐぷ…っ、と挿《はい》りこんでくる、大きなもの。

「あーっ」

凌は仰け反った。ようやく与えられた充溢《じゅういつ》に、頭が真っ白になる。挿入されただけで軽く達したことに、凌は気づいていなかった。ただ、ただ、気持ちいい。

両脚を限界まで開かされ、腰を打ちつけられる。肌と肌がぶつかる激しい音に、凌の喘《あえ》ぎ声が混ざる。

貴砺も息を乱していた。凌は朦朧《もうろう》としながら両手を伸ばし、貴砺を抱きしめる。体勢的に苦しくても、離れたくなかった。

すると、ぐいっと腕を引かれた。凌の背中に回った逞しい腕に支えられ、繋がったまま

身を起こす。

「あー……っ！」

向かい合って座る。繋がりが深くなる。

抱きしめ合った状態で腰をゆすられ、気持ちよすぎて凌はまた達した。それなのにさらに、下から突き上げられる。貴砺の攻めは容赦ない。凌はもう息も絶え絶えで、体に力が入らない。貴砺にぐったりと凭れかかり、荒波に漂う小舟のようにただ翻弄される。

「凌」

唇を求められた。呼吸が苦しいのに、凌も彼の唇が恋しかった。

ほとんどキスになっていないキスをして、抱きしめ合う。今度は貴砺が下になり、ベッドに転がった。ぐったりと圧しかかることしかできない凌の腰を貴砺は摑み、ぐらぐらとゆする。汗で体が滑り、怒張が抜けてしまいそうになると、体を入れ替えてまた正常位で荒々しく突かれた。

「……た、……とさ、……お、おこって……？」

朦朧としながら尋ねたら、

「愛している」

と返された。そして。

「……おまえの心が離れたらと……少々恐れただけだ」

「っ！」

胸がぎゅっと引き絞られた。

凌が邸を飛び出して、彼もふたりの関係が変化することを恐れたのだと、今初めて気づいた。

貴砺にしてみれば、凌があんなにも怒るほどのことではなかったのだ。けれど怒鳴られて、出ていかれて……貴砺の突き放したような言動は、彼の驚きだったのかもしれない。

それなのに迎えに来てくれた。そして凌の言葉を聞いてくれた。

そんな貴砺が愛しくてたまらなくなった。

「……貴砺、さ……すき」

「知っている」

そう言いながらも、ガツガツと腰をぶつけてくる。

貴砺にとってセックスは、以前は凌を支配するためのものだった。

しかし今はもう違うと……力で従わせることはできないと言った貴砺にとって、これは愛を伝える行為だ。

愛し合おう、と言った貴砺の言葉が、今ごろ胸にじんわりと響いてくる。

愛している。この人を、とても。

「……貴砺さん、すき。すき」

「知っていると言っただろう」

「愛してます」

「私もだ」

凌は自ら腰を動かした。息も絶え絶えで、もう秘部は感覚がないくらいだけれど、愛し合いたいと強く思った。

「……気持ち、い、ですか？」

「最高だ」

「……な、中で、いってください」

「っ！」

ぐっと最奥を抉られた。凌は声にならない悲鳴を上げて、仰け反る。

中で達してくれたのだと、貴砺の動きで悟った。

汗だくになった貴砺が、ドサッと崩れ落ちてくる。逞しい体を抱き留めて、なぜか凌は笑った。

「何を笑っている？」

呼吸を弾ませながら尋ねる貴砺に、凌はまた笑って。

「……幸せだなぁって思ったら、勝手に」

「余裕があって結構。休憩したら第二ラウンドだ」

「えっ」

休憩させてもらえるのか。

貴砺の絶倫ぶりにいつも振り回されているだけに、そちらの方に驚いた。

5

塔眞邸に帰宅後、貴砺と改めて話し合った。

「『双龍青磁《そうりゅう》』の龍の模様も確認しないといけませんが、並行して貴砺さんの所蔵品もすべて調べたいです。……もしかしたら、他にも『記号』を持つお品があるかもしれませんし」

「その可能性は捨てきれないな。分かった。使用人を好きなように使え」

「ありがとうございます。とりあえず東洋の陶磁器を全部広げるのに、人手が欲しいです」

作業は東京と香港、同時に行うことになった。

香港には責任者として王をやり、使用人たちを統率してもらった。

凌は広げた端から、陶磁器を確認していく。施釉《せゆう》陶磁器だということが分かっているので、釉薬《ゆうやく》がかかっていない品は除外だ。

そうして作業を進めながら、今村家に連絡を取った。秘密裏のうちに、『双龍青磁』の龍の模様を確認するためだ。

幸太郎には、凌の勉強のために『青磁青龍耳瓶』を貸してほしいと理由をでっちあげ、借りることができた。

嘘《うそ》をつくことに抵抗はある。しかし秘密にすることが、彼らを巻き込まずにいられる最善の策だから。

（……おれも、家族に秘密をたくさん持ってるな……）

今回のことだけでなく、貴砺との関係だってそうだ。

いつか……パートナーだと紹介したいが、まだその勇気がない。

同性を伴侶《はんりょ》に選んだことを知られたくないのではなくて、特別な関係だと話すことで彼女たちを塔眞一族に関《かか》わらせてしまうことが怖い。

（秘密って……悪いことばかりじゃないんだよな……）

自分は秘密にされると悲しんだくせに、大事な家族には秘密を持ってしまう。矛盾だと知りつつ、凌は母と妹を、そして貴砺をそれぞれ守るために、秘密を持つことを選んだ。

「凌、実験の準備が整ったようだぞ」

警備隊からの連絡を受けて、凌は貴砺とともに地下にある小部屋に入った。

そこはセキュリティが行き届いているだけでなく、今回の実験に最適な環境なのだ。監視カメラも余分な家具もない。そして四方をコンクリートの壁に囲まれていて、温度調節がしやすい。

凌は貴砺の所蔵する『青磁青龍耳瓶』と、今村家から借りてきた『青磁青龍耳瓶』を机の上に並べて置いた。

瓜二《うりふた》つのそれ——『双龍青磁』が久々に揃《そろ》った。

「始めます」

まずは限界まで温度と湿度を上げる。汗が滴るが、我慢だ。

まるでサウナの中にいるような気分になってきたところで、ようやく一対の『双龍青磁』それぞれに冷水を注いだ。あとは、じっと待つ。

じわり……と水が染み出すように、青磁の表面が汗をかき始めた。

どれくらいの時間が経っただろう。ようやくその瞬間がやってきた。

青磁の表面に生まれた小さな水の玉が、龍の絵を描いたのだ。

龍の体は、対をなす青磁瓶を一枚のキャンバスにして、絡み合いながら天を目指す。二頭の龍の輪郭はほぼ左右対称だ。二つの瓶が揃わなければ、この絵は見ることができない。

凌はすかさず「記号」を掲げ、龍の模様と比べてみた。

「……やっぱり、同じですね」

「ああ。完全に一致している」

貴砺と確かめ合ったが、記録には一切残さなかった。

龍が絵を結んでいたのはほんの数分ほどだ。すぐに水滴は大きくなり、流れ落ちた。

はじめからこの方法で絵を結ぶと知っていなければ、「仕掛け」を作動させることはできないだろう。

だから――黙っていれば、怜人に知る術《すべ》はない。

凌は微《かす》かに震えた。

これまではただ従順に、怜人からの頼まれごとに応《こた》えてきたけれど――黙っている選択肢が自分の手の中にあるのだということを意識して。

それも一族や怜人のためではなく、自分のために。

凌が『双龍青磁』を元通りに片づける間、貴砺は何も言わなかった。凌の決断を待ってくれているのだと分かる。

「……結論は先送りにしてもいいですか？　他の骨董《こっとう》をすべて確認し終えるまで」

「凌の思うままにするがいい」

泰然と構える貴砺に、凌は頼もしさを感じた。

凌がどんな結論を出そうとも、貴砺は味方でいてくれる。

＊　＊　＊

数日後、凌はひとりで今村家を訪れることになった。

紗友美と祈が退院して落ち着いた頃を見計らい、借りていた『青磁青龍耳瓶』を返しに来たのだ。

普段は送迎などいらないと言う凌だが、骨董を持ち運ぶ今日ばかりはありがたい。

今村家に上がらせてもらうと、まずは幸太郎に『青磁青龍耳瓶』を渡す。

「貴重なお品を貸してくださって、本当にありがとうございました。欠けや傷がないか、ご確認をお願いします」

「凌さんが扱われたのですから、心配などしていません。確認なんて必要ないですよ」

と笑ってそのまま引き取ろうとする幸太郎に、凌は慌てて、

「いえ、本当にお願いします。後で不具合が見つかったら、お詫《わ》びのしようもありませんから」

と頼み込む形で、箱から出してもらった。

結果、問題なし。ほっと胸を撫《な》でおろした。

「あの……妙な質問をしますが、あれ以来、こちらのお品について誰《だれ》かから問い合わせはありませんでしたか？」

「美術館から展示の依頼が一度ありましたが、お断りしました。この品に施された仕掛けの素晴らしさを知ってしまうと、おいそれと貸し出せなくなってしまったので」

「……仕掛けのことを、誰かに話されましたか？」

「まさか。私も妻も、誰にも話していませんよ。うちの両親も知りません」

その答えを聞いて安堵《あんど》した。

「失礼なことを聞いてしまって、すみません」

「いいえ」

何かありましたか？　と視線で尋ねられている気がしたが、申し訳ないと思いつつ、凌は気づかないふりをした。

「では、奥に行きましょう。妻と息子が首を長くして待っているはずです」

幸太郎は箱に仕舞った『青磁青龍耳瓶』を持ったまま、凌を奥の部屋に案内してくれる。

立派な日本家屋の縁側を進むと、障子の向こうから妹の歌声と、「あ～」という赤ん坊の声が聞こえてきた。

「紗友美？　入っていいかな？」

幸太郎が障子越しに声をかけると、「どうぞ〜」と返事があった。そして中からすらりと開けられる。

「お兄ちゃん！　いらっしゃい」

いつもの明るい笑顔。

ホッとして、凌も自然と笑みが零《こぼ》れる。

「退院おめでとう、紗友美。体調はどう？」

「ぼちぼちだよ〜。でも気持ちは元気。来てくれてありがとう。どうぞ入って」

部屋には炬燵《こたつ》があり、その傍らのベビーベッドに祈は寝転んで、ご機嫌に「あうあう」しゃべっている。

「凌さん、私はこちらを蔵に仕舞ってきます。どうぞゆっくりしていてください」

「あ、すみません。ありがとうございます」

幸太郎が席を外すと、紗友美が「こっちこっち」とベビーベッドのところに招いてくれる。

頭上に吊《つ》り下げられたおもちゃに手を伸ばして「あ〜」と声を出す祈を見た瞬間、凌は思わず「うわ、大きくなった⁉」と驚きの声を上げた。

「まだ十日ほどだよ。そんなに急に大きくならないって」

「いやでも、顔つきがしっかりしたというか……。病院で会った時は、もっとふにゃふにゃしてただろ？」

「あ～、それは確かに。毎日見てると分かりにくいけど、ふとした瞬間に成長に気づくっていうのはあるよ」

「そっか。……紗友美もなんか変わった気がする」

「え、そう？」

何よりも表情が違う。柔らかいのに、芯《しん》が強く感じる。親になるというのはこういうことなのだろうか。

「でもそう言われるの、ちょっと分かるかも。あのね、一日がすごく……長くて、濃密なんだよ。祈がいてくれるだけで、今まで過ごしてきた一日の長さと全然違う。だからお兄ちゃんともこの前会ったばかりなのに、すごく久しぶりな気がする。一年くらい経ってそうな感覚」

そう言う紗友美は、キラキラしていた。とてもいい経験をしているのだと伝わってくる。

「まあ、単純に起きてる時間が長いっていうのもあるかもしれないけど。看護師さんが、入院してる間に隙《すき》あらば寝ておきなさいって言ってたの、すでに身に染みてるよ」

「え、なんで？　夜泣きするから？」

「それもあるけど、こまめにおっぱいあげないといけないからね。当然、睡眠もそれに合わせて短時間になる。ほとんど寝られない」

「そうなのか……。寝られないって、しんどいな」

「うん。正直、体はしんどいよ。まだ始まったばかりなのに弱音吐いちゃうくらい。でもあたしは幸太郎さんがすごく協力してくれるし、お義母《かあ》様たちも力になってくれる。とっても恵まれてると思う」

世の中のお母さんは大変なんだな……と考えて、麗那の顔が脳裏を過《よ》ぎる。彼女も今ごろ、孤立無援で奮闘しているのだろうか。

劉人《りゅうじん》としてではなくても、何か助けになれたらいいのに。……けれど、自分の力など求められていないのだ。そのことに胸の奥がツキンと痛む。

「……恵まれてるくせに泣き言言っちゃいけないな～とか考えて落ち込んだりもするんだけど、でもそういうのも、祈が笑ってくれるだけで吹き飛んじゃったりするんだよね～」

小さな手をいっぱいに伸ばしておもちゃで遊ぶ祈に、紗友美が「ね～？」と話しかけて手を差し出すと、きゅっと握って「あ～」と答える。

「可愛《かわい》いなぁ……！」

「祈～、おじちゃまが、可愛いって言ってくれてるよ。よかったね」

「おじちゃまか……！　なんか感動だな」

「え、この呼び方でいいの？『凌お兄ちゃん』って呼ばせたいとか願望は？」

「なんだそれ」

凌が噴き出すと。

「お義父様とお義母様は、『まーくん』『ちーちゃん』って名前で呼ばせようと企《たくら》んでるよ」

なんて愛らしい夫婦だろう。凌はまた笑ってしまった。

紗友美も一緒になって笑ってから、しばらくして、しんみりとなる。

なんとなく、いつもの妹と違う気がした。いつも通り明るいし、充実しているのは確かなようだが……どこか無理があるように感じた。

その原因を凌は探る。これまでの会話と表情から、もしかして……と思い当たったことを口にする。

「……紗友美。泣き言くらい、言ってもいいんじゃないかな？」

紗友美は少し驚いたように、表情をこわばらせた。

「おれでよかったらいくらでも聞くし。でもそれ以前に、幸太郎さんなら全部受け止めてくれるだろ？」

「……でも、私なんて全然恵まれてるのに？」

「紗友美が感じてるしんどさは、紗友美のものだよ。誰かと比べなくていい」

「……それに、始まったばかりだよ？」

「始まったばかりでまだ慣れてないからこそ、余計にしんどいんじゃないか？」

そう言うと、紗友美はハッとしたようだった。

「……そっか。始まったばかり『なのに』じゃなくて、『だからこそ』なんだ……？」

呟《つぶや》く紗友美の瞳《ひとみ》が、少し潤んでいる。

思いがけないことに、凌は慌ててしまった。ハンカチを出そうとすると、紗友美は笑って手で拭《ぬぐ》う。

「ごめんね。ちょっと、うるっとしちゃった」

「そ、そうか」

「祈のことめちゃくちゃ可愛いのに、しんどいと思っちゃう自分が情けなくて」

「ええ⁉　どこが情けないんだ？　だって十月十日もおなかの中に命を抱えて日常生活を送ってきて、出産ていう命がけのことをして、新しい人間が今ここに存在してるんだぞ？

それだけで充分とんでもない偉業なのに、寝不足なんだからしんどくて当たり前じゃないか。情けなくなる意味が分からない」

心の底から疑問に思って言うと、声を上げて笑われた。

「お、お兄ちゃんがおもしろくなってる……！」

そうだろうか。

首を傾《かし》げると、うんうん頷《うなず》いて肯定される。

「お兄ちゃんも、変わったよね。昔のお兄ちゃんだったら、泣き言なんて言ったら余計に泣きたくなるから我慢しろ、って言いそうだったのに」

「ええ？　そうかな？」

「悪い意味じゃないよ？　お兄ちゃん自身が、そうやって戦って、私とお母さんを守ってくれてたんだと思う。……うん、やっぱり変わったよ」

もしそうだとしたら、変えてくれたのは貴砺だ。

今ここにいない貴砺に、なんだか無性に会いたくなった。

「……言われてみれば、そうかもしれないな。昔だったら、人に甘えるっていう発想自体がなかったかも」

「でしょ？」

ふと、心配になった。頑《かたく》なだった頃の自分は……家族にまでその考えを押しつけていたのではないかと。

この愛らしい妹にとって『いいお兄ちゃん』ではなかったかもしれない。

ごめんな、と謝りかけて、言葉を飲み込んだ。謝ったら、きっと言葉を尽くして凌を慰めてくれる。今の紗友美に、そんな気遣いをさせたくなかった。

だから代わりの言葉を探す。

「甘えられる人に出逢《であ》えて、よかったな」

お互いに、とは言えないけれど。

心から伝えると、紗友美は花が綻《ほころ》ぶように華やかに笑った。

「うん。……よかったね」

笑み交わしていたら、祈が「あぶぶ〜」と合いの手のようにしゃべったので、その愛らしさにまたふたりで笑う。

それからしばらく他愛《たわい》のない話をしながら祈と遊んでいると、幸太郎が戻ってきた。

彼はもしかしたら紗友美の状態に気づいていて、こうして話ができるように時間を作ってくれたのかもしれない。

妹の伴侶が優しい人でよかったと、凌は嬉《うれ》しくなった。

6

毎日、毎日、陶磁器と向き合う。

骨董の扱いに慣れた使用人が箱から出して並べてくれたものを、凌がひとつひとつ手に取って、丁寧に検分する。

仕掛けがあるとしたら、どこかにヒントが隠されているはずだ。

現物だけでなく箱書きも見逃せない。

陶磁器や工芸品には、作品を作った時に同時に作られる箱があり、それを「共箱」と呼ぶ。そこには作者の名や作品の銘、制作年などの情報が記され、現物に記された情報と二重で正銘することができる。

その箱書きに、何かヒントになることが書かれていないかと、凌はほとんど暗記するくらいの集中力で読み込んでいった。

少しでも可能性のあるものが見つかると、ブラックライトを照射してみたり、湯を注いでみたり、冷水に浸してみたり、思いつく限りの様々な方法を試してみる。すると、通常の状態では見えなかったものが浮かび上がる仕掛けが施されていた骨董を、いくつか見つけた。侘《わ》び寂《さ》びを感じさせる枯れ木が描かれた盃に湯を注ぐと、突然、赤い花が咲き乱れたり、牡丹《ぼたん》の花が描かれていた花瓶を冷水で満たすと、忽然《こつぜん》と虎《とら》の絵が現れたり、様々な趣向が凝らされていた。

しかしあの『記号』に繋《つな》がるようなものは、一向に見つからない。

そしてとうとう、東京の邸《やしき》に収蔵されている陶磁器をすべて確認し終えてしまった。

「貴砺さん、香港の所蔵品を調べに行きたいんですが……でも、ここで待機しておかないといけないいんですよね？」

早く次の骨董に向かいたい。そうジレンマを感じながら貴砺に言うと、

「いや、問題ない。香港に戻ろう」

と軽く返されて驚いた。

「呼び出しの待機とは、いわゆる『凌が何も知らずに行動している』という状態のことだ。知らないのだから、どこへ行こうが自由。香港だろうと、他の国だろうと、おまえが望むなら世界中どこへだって連れていってやるぞ？」

にやりと笑う貴砺に、それでいいのだろうかと戸惑う。

「それに王を先に香港にやっているだろう？　凌が私の所蔵品を大がかりに手入れしてい

るという噂《うわさ》は、すでに一族に広まっている。そして王が香港で下準備をしていることで、凌がほどなくあちらに移動することは誰でも容易に予測できること。そのように自然な流れを作っておけば、兄も文句は言うまい」

「……一族に広まってるって、大丈夫なんですか？」

怜人からの探し物の依頼だと知られたら大変なのではと、胸が騒いだが。

「問題ない。ただの『手入れ』だからな。おまえの普段からの骨董への愛着が、一族の者にその噂を信じさせている」

貴砺のことだ。人々が疑いもなくそう信じてしまうように、情報操作をしたのだろう。

「ああ、それに、先日の旅行も噂に信憑性《しんぴょうせい》を持たせる結果になったようだな」

「……旅行？」

「餓鬼《がき》どもと獣とともに、私を置いて長野まで出かけただろう。千波矢が凌と一緒でいかに楽しかったかを触れ回っている。凌は緊急事態に、暢気《のんき》に旅行などしないだろう。その点においては、餓鬼どもと獣もいい働きをした」

そう言う貴砺の顔は、笑みを刷《は》いているようでいて、こめかみがピクピクと動いていた。

これは深く突っ込まない方がよさそうだ。

「ええと……じゃあ、早いうちに香港に移動したいです」

凌がそう言った数時間後には、ふたりはすでに機上の人となっていた。

香港までは約五時間。そして空港からは車に乗って、貴砺の別荘に到着。この移動にもずいぶん慣れた。

「おかえりなさいませ、貴砺様、凌様。準備はすべて整っております」

漆黒のスーツに身を包んだ王月林が、いつも通り恭しく出迎えてくれる。彼がいると、別荘でも「帰ってきた」という気持ちになるから不思議だ。

「王さん、骨董の下準備をありがとうございました。案内してもらえますか?」

「凌、移動で疲れているだろう。明日からにしてはどうだ?」

貴砺はそう勧めてくれるが、気持ちが逸《はや》って仕方がない。

「ひとまず確認だけして、詳しい検分は明日から始めることにします」

「分かった。ならば、私も少しだけ餓鬼の相手をしてやることにしよう」

「え?」

一体なんの話だろうと首を傾げると。

「千波矢様が参っております。おふたりがお戻りと聞きつけたようで」

「そうなんですか。もしかしてルーセニカたちも?」

「いえ、本日は千波矢様おひとりです」

それはそうか。

先日の件があったから、ついセットで考えてしまった。

「じゃあ、おれも先に千波矢さんに挨拶《あいさつ》してから骨董の部屋に行くことにします」

「その必要はない。招待したわけでもない押しかけの訪問者だ。凌は己のすべきことをしろ」

その言い方に苦笑してしまった。仲のいい従兄弟《いとこ》だからこそ、ぞんざいな扱いができるのだろうなと凌は思う。

「おれが今すべきことは、先日急に失礼したのを千波矢さんに謝ることだと思うので、一緒に行きます」

長野でのことはあまり蒸し返したくないが、そう言うと、

「凌はあいつに甘いな。――好きにするがいい」

と認めてくれた。

王に誘われて応接室に行くと、顔を見るなり千波矢がパァッと笑顔を弾《はじ》けさせた。

「し～のぐー。しのぐしのぐし～のぐ～」

いつもの節をつけた呼び方で、両手を広げて飛びついてくる。しかしハグする前に、貴砺が割り込んできて防御した。

「この餓鬼が。いつまでも無邪気なふりが通じると思うなよ」

「やだなぁ、貴砺兄さんってば〜。これはただのコミュニケーションだよ〜。その証拠に、貴砺兄さんにもハグ〜」

「気色の悪い。やめろ」

「かーらーのー、凌にハグ〜」

「させるか」

突然、貴砺に腰を抱き寄せられて、くるりとターン。

「わ」

「うわーっ、とっとっと……」

千波矢と体がすれ違う。

凌が貴砺の腕の中にすっぽりとおさまると同時に、千波矢は絨毯《じゅうたん》の上にズザーっと突っ込んでいた。

「それで？　何か用か？」

転がった千波矢を見下ろして、貴砺が居丈高に問う。

凌は手を差し伸べようとしたが、貴砺に腕を摑《つか》まれて引き戻された。

「ちょっと、貴砺兄さん、ひどくない？　せっかく可愛い従兄弟が訪ねてきたっていうのに、世間話のひとつでもしてもてなそうとかないわけ？」

　むくりと起き上がった千波矢は服についた埃《ほこり》を手で払いながら、不満を零す。

「おまえ相手に無駄な時間を割くつもりはない」

「容赦ないなぁ」

　そう言いながらも大笑いしている千波矢の心臓は、一体どうなっているのだろう。強すぎる。

「押しかけてきたからには、何か有益な情報を持参しているのだろうな？」

「え」

　声を漏らしたのは、凌と千波矢、同時だった。

　千波矢は目を丸くして、

「凌の前で、そんなおおっぴらに言っちゃっていいの？」

と尋ねた。

「凌にもそろそろ、おまえの役割を教えていい頃だからな」

「役割……ですか？」

　なんだか不穏な空気を感じたが……。

「やったー！」

当の千波矢が、なぜかバンザイして大喜びする。

「僕がどれだけお役立ちか、凌に知ってもらえるってことだよね⁉　人妻略奪ワンチャン⁉」

「皆無だ」

「分かんないじゃん。凌に聞いてみないと」

「潰《つぶ》すぞ」

唸《うな》る貴砺に、凌は焦った。いつもの従兄弟同士の戯れだと分かっているが、迫力のある貴砺の声音には落ち着かない。

しかし千波矢は強心臓っぷりをさらに発揮して、「ね～、凌～？」と両手を広げてハグのジェスチャーをする。

その邪気のなさに、ハタと思い出した。

「あの、千波矢さん。先日は急に失礼してすみませんでした」

貴砺がたしなめるような視線を送ってきたが、見なかったことにして、まずは謝る。

「え？　先日って……もしかして軽井沢でのこと？」

「はい。満足にご挨拶もせずに帰ってしまったのが、後で気になって」

「わ～、凌が天使だ～。強引に僕に連れていかれて、問答無用で貴砺兄さんに連れ帰られたのに、そんなこと気にしてたなんて！」

「……確かにどちらも強引でしたが、千波矢さんの車に乗ったのはおれの意思だったし、貴砺さんと帰ることを選んだのもおれですから」

別に脅されたわけでも、誘拐されたわけでもない。

「潔い～！　だから凌って大好き！」

再び両手を広げてハグをしようとしてくれたが、凌はさらに強く貴砺に抱き寄せられていた。

そして貴砺は、自慢するように鼻で嗤《わら》う。

「凌は私の花嫁だ」

「貴砺兄さんって……人が変わるにもほどがあるよね。猛獣とか言われてたの覚えてる？」

「知るか」

「凌に飼い慣らされちゃって、まあ……。僕も、にゃんこポジションでいいから凌に飼われた～い」

「え、そんな。とんでもないです。貴砺さんをおれが飼い慣らしてるとか、ないですから。貴砺さんがおれに合わせてくれてるだけです」

きちんと訂正しておかないと、と口を挟むと、はあぁ……と大きな溜《た》め息《いき》をつかれてしまった。

「そこじゃないの、凌。僕が聞いてほしかったのは、にゃんこポジションの方」

「え」

「相手にするな。おまえは私のことだけ考えていればいい」

頤《おとがい》を優しく摑まれて、クイッと上を向かされて、漆黒の眸《ひとみ》に見つめられる。

人前なのに、と鼓動が跳ねた。

「もう！　やってらんない」

千波矢の言い分はもっともだ。

「そ、そうですよ、貴砺さん。せっかく千波矢さんが来てくださってるんですから」

凌は貴砺の胸を押し返して、なんとか抱擁の腕から抜け出した。

さんざん見せつけてしまったような気恥ずかしさもあるが、改めて千波矢に向き直る。

「あの後、ツヴェターエフ家の別荘に一人で残されて、大丈夫でしたか？」

「うん。エリクは僕に全然興味なかったから、ルーセニカたちと遊びまくって、ついでにしっかり役割を果たしてきたよ」

再び飛び出した、役割という言葉。詳しく尋ねてもいいのだろうか。

「あのね、凌。僕はあの別荘に、エリクの動向を探りに行ってたの。怜人兄さんからの指示で。凌を連れてったのも、怜人兄さんから『誘ってみれば？』って言われたからだって言ったよね？」

そういえばそんなことを言っていたような記憶が、朧気《おぼろげ》ながらに甦《よみがえ》ってくる。

「エリクが凌のこと『骨董探偵』って言ってめちゃくちゃ気に入ってるから、凌を連れていけば、より深い情報が得られるかもしれない……って算段だったんだよ」

「え、そうだったんですか？　……おれはお役に立ててましたか？」

尋ねたら、噴き出された。なぜだろう。

「凌ぅ～。なんで利用されたことを怒らないの？　そんなだから、怜人兄さんに使われまくっちゃうんだよ？」

そう言われて、ハッとした。

そうか。よく考えたら、これも利用されたことになるのか。

常日頃から、貴砺の役に立ちたいと考えているせいで、この程度だと「協力できた」と思ってしまう。

「まあ、それが凌のいいところでもあるんだけどね。凌って誰かを陥れようとか、罠《わな》を張るとか、そういう思考とは無縁でしょ？　だから、エリクも凌には警戒心を持たないんだと思うの」

「あの人は誰に対しても警戒しないと思いますけど……」

「いやいや。エリクって一見すると不思議ちゃんだから、政治的な意味では御しやすそう……って思われるんだけど、意外と手強《てごわ》いんだよ。まず神出鬼没で、接触するだけでも大変だったりするし」

「あー……」

それは確かに。中国では山の中で斜面を転がり落ちてきたり、ロシアでは荒れ地に建つ孤児院で子どもたちにまじって鬼ごっこをしていたり、そうかと思えば軽井沢の別荘にいたり。どこに現れるか分からない。

そして彼の主張が凌にはひとつも理解できない上に、息子であるルーセニカとの意思疎通を放棄するところが、凌にはどうしても受け入れられない。

もっとルーセニカと向き合ってほしい。

人様の家庭のことに口出しする権利は凌にはないが、そう思って反発心を抱いてしまう。

「それで、千波矢。おまえが得た情報というのは、『龍流文字』のことでいいのか」

「っ！　も～、貴砺兄さん、僕が言う前に当てないでよ～。等価交換を要求したかったのに～」

「今この瞬間、おまえには、私の凌と同じ空気を吸わせてやっている。それ以上に与えられる褒美があるとでも？」

なんだかすごい物言いだ。ぎょっとした凌をよそに、千波矢は、

「もう一声！」

と人差し指を立てて交渉に乗り出していた。

「外に放り出されたいか」

「うっ。いやです。……もう、しょーがない。怜人兄さんから命令です。これを共有しろってさ」

そう言って千波矢がスマホを出してくる。そこに表示された写真は、先日の軽井沢で見た『龍流文字』の一覧だった。

千波矢が大声を出してルーセニカたちの気を逸《そ》らし、その隙に撮った一枚だと思われる。

やはりあの『記号』と似た文字が並んでいる。しかしそこに、あの『記号』はなかった。

「共有して、どうしろと？」

「なんかよく分かんないけど、『ヒントになるだろう』って。もしかしてまた何か無理難題でも押しつけられてるの？」

ヒント。その言葉に、思わず貴砺の顔を見る。

凌が挑んでいる、記号の骨董探しのヒントだろうか。

貴砺は自分のスマホを千波矢のスマホの上に翳《かざ》した。一瞬にしてデータが複製される。

「他に何か言っていたか？」

「ううん。あ、でも資料はもうひとつある。空欄の八文字のうち、七文字を予測して埋めたデータ」

「七文字？　残り一文字はどうした？」

「『と』だけは空欄でいいって言われた。はい、これ」

千波矢のスマホに表示された新たな一覧の上に、貴砺が再びスマホを翳す。

それを貴砺が、凌に見せてくれた。

予測とされる七文字は色が違っていて、すぐに見つけられる。

『え』『か』『た』『ひ』『ほ』『み』『め』……そして空欄の『と』。

……ふと、あの記号を思い浮かべた。もしかして『と』と読むのではと。しかし。

「予測の七文字の信憑性は？」

「信憑性って言われると困る～。だってこれはあくまで漢字やら他の古代文字やらを分析して、参考にして、パターンを割り出して創作した文字だから。怜人兄さんからのオーダーは、『それらしい仮字を置け』ってことで、失われた文字を見つけろってことじゃなかったんだよ」

「ツヴェターエフ家が失われた文字を手に入れる可能性は？」

「ないと思う。龍流文字の古文書でもあったら違うだろうけど、そんなのないもん」

「なぜ古文書がないと言い切れる？」

「んぐっ。貴砺兄さんのいじわる〜。ないものをないって証明するの難しいって分かってるくせに〜」

貴砺はロシアでも、千波矢に同じような無茶ぶりをしていた。

「とりあえず、今は、一般人の目につくところには、存在しない、ってこと。そんなものが存在したら僕の情報網に引っかかってこないわけがないし、それ以前に怜人兄さんが把握してないはずがない。……ただ、これからは分かんないけど。どこかからひょっこり出てくるかもしれないもんねぇ？」

うふふ、と含み笑いを零す千波矢に、貴砺がにやりと不敵な笑みで応じた。

ふたりの間では何か通じているようだ。

「分かったか、凌？　千波矢はこのようにして、兄の命令で情報収集や分析をしたり、運んだりしている」

貴砺が言うと、千波矢はエッヘンと自慢そうに胸を反らした。

「そうだったんですか……！　重要なお仕事をされてたんですね。すみません、おれ、全然知らなくて」

突然遊びに来たりして、自由気儘《きまま》だなぁと思っていた。まさかそんな役目を担っていたとは。

「うう……凌がマジで天使に見える……」

「実際に天使なのだから、当然だろう」

堂々とのたまった貴砺に、凌は頰《ほお》を赤らめた。

＊　＊　＊

千波矢が帰った後、貴砺と一緒に、改めて『龍流文字』に向き合った。

絵のような不思議な形の文字が並んだ、一覧表。各文字の横には現代のひらがなが付されていて、千波矢が創作したという仮字も他の文字とよく馴染《なじ》んで見える。

空白なのは、『と』だけ。

「ヒントってどういうことでしょう？　貴砺さん、あの記号ってもしかして……」

「ああ。私も同じことを考えていた」

空白の『と』を、貴砺が指先でトンと押さえる。

「失われた文字は、実際には七文字だけ。『と』は判明しているが、一族にとって秘するべき文字だから隠されてきた――そういうことかもしれん」

「……どうして一族の人だけが知ってるんでしょう？」

「龍流文字は、我が一族の歴史の中で生まれたものだという言い伝えがある」

「え!?　でも、神代文字なんですよね？　有史以前に形成されてたはずじゃないですか？」

「神代文字の一つとされているだけで、真相は誰にも分からん。あくまで言い伝えだ」

確かに、龍流文字に限らず、現存する神代文字のどれもが、本当に大昔から変わらずに残ったものなのかは永遠の謎《なぞ》だ。

「……エリクさんが龍流文字を調べてるのって、偶然でしょうか」

「偶然にしてはできすぎていると私も思う。おそらく何か他の理由があるのではないかと考えている」

「他の理由、ですか？」

貴砺がにやりと笑った。悪だくみを白状するように。

「餌《えさ》だ」

そう言って、撒《ま》くしぐさをする。凌はとても高級な撒き餌《え》が散らばる様を想像した。

「エリク・ヴィクトロヴィチが我が一族に興味を持っているのは明らか。ツヴェターエフとの関係が良好な今、表向きの友好関係は強固なものにしたい。だが、必要以上に接近して嗅《か》ぎ回られるのは迷惑だ。そこで我が一族の神秘をひとつ——龍流文字を言い伝えとともに、エリク・ヴィクトロヴィチの前に吊るしたのだろう。おそらく兄が」

「怜人さんが？　……どうして分かるんですか？」

「千波矢を偵察にやっている。餌に食いついたかどうか、確かめるためだろう」

「あ」

なるほど。だからわざわざ軽井沢の別荘まで訪ねていったのか。

「広く流布していない文字は、ある種の暗号だ。暗号を解くという行為は、人を熱中させる。そして解いた情報の信憑性を高める。今後、もしエリク・ヴィクトロヴィチにわざと摑ませたい情報があれば、もっともらしく龍流文字の古文書に仕立て上げて流せばいい。そういう算段だろう」

ハッとした。先ほど、千波矢が言っていたのはそういう意味だったのか。どこかからひょっこり出てきたものとして、作られた古文書が利用されるという。

そんなにうまくいくのだろうか。凌は疑問に思ったが、一族が常に情報戦で戦っているらしいことは知っている。何かうまいやり方があるのだろう。

「でも、危険じゃないですか？　読まれたくない本物の古文書まで読まれちゃったりしたら……」

「心配ない。奴が手に入れた四十文字は、その気になれば誰にでも知ることができるものだ。そのリスクがあるとすれば、これまでも常に危険に晒《さら》されてきた。逆に、そんな古文書が実在するとすれば、その方が問題だ。残りの八文字が判明するということだからな」

「あ、そっか。……本当ですね」

「それよりも気になるのは、なぜこのタイミングで兄が『ヒント』を寄越したかということだな」

一覧をふたりで覗《のぞ》き込む。空白の『と』に、どうしても目がいく。

「……そうですよね。どうしてあの記号を渡された時に、一緒に龍流文字ももらえなかったのかな……？」

『と』を指さし、……何気なく、『う』『ま』と順に指を滑らせた。

貴砺が吐息で笑った。好きな人の名字を指で辿《たど》るなど、乙女趣味に思われてしまっただろうか。凌が頬を赤らめると、貴砺が手元を覗き込んできた。

「——ん？」

ぐっと指先を握られて、繰り返すようになぞる。『と』『う』『ま』。さらにもう一度……と思ったが、貴砺の手に導かれ『う』と『ま』の間を行ったり来たりし始めた。

『う』『ま』『う』『ま』……。

「どうかしましたか？」

「……なるほど。凌、私はこの文字を知っている。『う』と『ま』を重ねた形だ」

「え！　どこで見たんですか？」

「書斎だ」

思いがけない言葉に凌は興奮した。何か新しい発見があるのではと。

貴砺と連れだって書斎に移動する。応接室からはもっとも遠い場所にある書斎の扉を開けると、どっしりとしたマホガニーのデスクがまず目に入った。壁には書棚や飾り棚。東京の塔眞邸の書斎とよく似た配置だが、ひとつだけまったく違う家具があった。大きな柱時計だ。

貴砺はまっすぐそちらに向かう。

柱時計は凌の身長と同じくらいの高さの、重厚感のある木製だ。経年による傷みはあるものの、表面は艶《つや》やかな飴色《あめいろ》で、丁寧に手入れされていることが分かる。

近づくと、とても古いものであることに気づいた。盤面の文字が十二辰《じゅうにしん》なのだ。

ぐるりと刻まれた、子丑寅卯辰巳《ねうしとらうたつみ》…未申酉戌亥《ひつじさるとりいぬい》の文字。

子が頂点で午前零時の前後二時間を表し、それ以降二時間ごとに干支の順に割り振られている。右半分が午前、左半分が午後。子の対極にあるのが、正午の前後二時間の午《うま》。

その『午』と記されているはずの部分を、貴砺が指さした。

そこには見慣れない記号が刻まれていた。

目を凝らすと……先ほどまで目にしていた文字に分解されて思い浮かぶ。龍流文字の、『う』と『ま』。

貴砺が一覧を開き、文字盤の横に掲げた。

「……本当だ。『う』と『ま』を重ねた文字ですね」

「ああ。龍流文字だったのだな。何か意味があるのだろうと思っていたが、単純に午を示しているとは」

クックッと喉《のど》を鳴らして貴砺は笑う。

「この別荘を祖父から受け継いだ後、手入れをした際にこの謎の記号も報告に上がっていたのだ。この柱時計の奥には未知の空間が存在するらしい」

「隠し部屋ということですか？」

「超音波で調査したところ、そこまで大きくはなかった。おそらく金庫だろう。時計を壊すことも考えたが、この文字が気にかかってそれは思いとどまった。いつか時が来れば開かれるだろうと放置していたのだが——その時が来たようだな」

塔眞一族には、『必要な宝は、必要な時に姿を現す』という考え方が強くある。家宝である劉宝《りゅうほう》も、その考えのもとに手放されて、再び手に入れることが後継者選びの方法となっているのだ。

庶民である凌は、家宝を手放すなんて怖くてできないし、開かずの金庫があるなら早く開けて中を見たいと思ってしまうけれど……。

何事にも動じず泰然としている貴砺をいつもすごいと思うが、根底にあるこの考え方の違いが、スタンスの違いとなっているのだろうか。

「凌、解き明かせるか？」

「えっ、この時計を開く鍵《かぎ》を、ということですか？」

「そうだ。見せてくれ。謎解きをするおまえはいつにも増して美しい」

突然、頰を撫でられて、その思わせぶりな手つきに凌は赤くなった。

指先ひとつで翻弄《ほんろう》されてしまうのが少し悔しくて、じっとりと睨《にら》む。それなのに貴砺は嬉しそうに抱きしめてこようとするから、思わず飛び退《の》いて間合いを取った。すると声を上げて笑われた。からかわれたみたいだ。悔しいけれど、屈託のない貴砺の笑顔が可愛いと思ってしまうから、惚《ほ》れた方が負けなのだなと凌は白旗を揚げた。

「精一杯やってみます」

まずは観察だ。凌は文字盤にかぶりつくようにして柱時計に向き合った。

子丑寅……と文字がぐるりと一周。もしや文字のどれかがボタンのようにへこんだりしないだろうかと、一文字ずつ手で探ってみる。特に仕掛けはなかった。ならば針か。通常の時計は長針と短針で時刻を表すところ、この時計には針が一本しかなかった。指で押すと、歯車が嚙《か》み合うような微かな手応えを感じた。

時計回り、反時計回り、と動かしてみる。

『う』『ま』が重なった、午の刻へと針をやり、そこからぐるりと一周回してみた。……何も起こらない。

「うーん……何か手がかりはないかな……」

午は昼。方角は南。南の四神は朱雀《すざく》……と、連想ゲームのように考える。

「朱雀……鳥？　酉かな」

午から酉へ、針を動かす。何も起こらないので、今度は逆に酉から午へ。駄目だ、分からない。

もう一度はじめからと、午の刻を示す龍流文字を凝視し、ぶつぶつと呟く。

「……『う』『ま』、『う』『ま』、……あ、とうま？」

ふと基本に立ち返るように、この時計の文字を発見した経緯を思い出した。

そうだ、『と』――あの記号。

凌は近頃常にポケットに入れているあの記号のメモを取り出した。

じっと見つめる。初めて見た時は何を表しているのかまったく見当がつかなかったが、『双龍青磁』の龍と重なることに気づいた今は、その輪郭が龍にしか見えない。

「……龍？」

呟いたら、ハッとした。十二辰で表すなら、辰か。

針を辰に合わせ、そこから午へと進ませる。残念ながら、何も起こらなかった。逆に午から辰としても同様。

「……こんな単純な方法じゃないってことかな……」

苦戦していると、貴砺が横から手元を覗き込んできた。一緒に考えてくれるのだろうか。だったら嬉しいのだけれど。

「貴砺さん、何か思いつきますか？」

「いや、こういうことに私の勘は働かない」

いつも通りの言葉に、凌は苦笑した。

だがそこで終わりではなかった。

「ただ一つだけ気にかかることがあるとすれば……一族の裏の言い伝えか」

「裏の？」

「ああ。一族でも家長くらいしか知らないだろう。この記号を冠した『祖』とされる人物は、双子だったというものだ」

「っ！」

突然の爆弾発言に、凌は息を呑《の》んだ。

「まさか……だって、双子は禁忌とされてるんですよね？　一族の家系図には一度も双子が登場しないって、前に言ってたでしょう？」

「そうだ。記録には残っていない。だが、なぜ禁忌とされているか分かるか？　過去にその例があったからだ。拮抗《きっこう》する力は争いを生んできた。それゆえに禁忌とされた。――しかし」

貴砺が記号を手にする。二頭の龍を連想させるかのように、輪郭を指でなぞった。

「唯一の例外とされる『双子で劉人』――それもまた実在したからこそ、言い伝えとして残っているのだろう。『祖』が該当するのではないかという推測は、裏の言い伝えを知る者ならば容易《たやす》いはずだ」

「……あ！　だから、『祖』の再来なんですか⁉」

骨董探しを始める際に、貴砺が言っていたことを思い出した。

怜人は、この記号の骨董をお披露目することで、子どもたちに箔《はく》をつけさせるつもりだろうと。その意味が、ようやく分かった。

確かに双子で、劉人で、その上に『祖』の冠していた記号を披露することができれば、人々はおのずから『再来』を意識するだろう。

それはきっと、産まれてきた子どもたちの身の安全を保障する。

おそらく怜人もそのように考えたはずだ。

この依頼にかけられた怜人の想いを想像し、凌の胸は熱くなった。

「……なんとしても探し出さないといけませんね」

そう言いながら、東京に置いてきた『双龍青磁』の片割れを思い浮かべる。

あれを……差し出すべきなのだろうか。

しかし『祖』の再来の箔付けとして披露するならば、なおさら、あの一つだけでは不十分だ。今村家の所蔵するもう一つも揃えて、一対でなければ意味がない。

だがあの青磁は、今村家もまた先祖から受け継いできた大切な骨董なのだ。譲ってほしいなどと簡単に言えるものではない。

何か方法はないか——凌の心は揺れた。

「とにかくこの柱時計の金庫を開けて……中を確認してみないと。それから残りの所蔵品を検分して、お祖父《じい》様の『秘色《ひそく》』を見つけます」

「そうだな」

凌の手に、貴砺が記号を返してくれる。

(『祖』が冠していた記号。双子で……双子座？　双子座って、確か夏の星座だよな。夏……夏といえば……)

連想しながら十二辰の文字盤を見つめるが、名案は浮かんでこない。

考えて、考えて、……思いつめていた凌の頰を、不意に貴砺が撫でた。

びっくりして見上げると、貴砺はいたずらっぽく笑っている。

「苦悩する表情もそそられるが、私以外のもののためだというのが些《いささ》か口惜しい」

「……何言ってるんですか」

思わず苦笑する。そのおかげで、ふっと肩の力が抜けた。

「貴砺さんは、双子から何を連想しますか？」

「二」

「え？」

「単純に、二という数字だ。二人、二倍。それ以上のことは何も思いつかん」

堂々としたその態度に、凌は笑みを誘われる。いつも通りの貴砺だ。凌も釣られるようにして、心の平安を取り戻した。

思いつめても仕方がない。リラックスした方が案も浮かんでくるものだ。

「なるほど、確かに二ですね。二人、二倍。……二周してみましょうか」

針を辰に合わせ、午に向かって動かし、止めずにするするともう一周。そして二度目の午の刻のところで針を止めた、その瞬間。

ガタンッ。

大きな音とともに、文字盤が前に浮くようにして外れた。

「えっ」

思わず両手で文字盤を支えたが、蝶番《ちょうつがい》で留まっている。扉のように開くみたいだ。

ゆっくり開けると、壁に埋め込まれた金庫が現れた。深い赤茶色で、約五十センチ四方といったところだろうか。ダイヤル式の鍵がついている。

「貴砺さん、これ……！」

「さすがだな、凌」

「今のは貴砺さんのお手柄ですよ」

「ふむ。私もなかなか冴《さ》えているようだ」

自慢げに言い、ダイヤルに手を伸ばす。まさかそちらも開けてしまうのではと息を呑んで見守ったが、くるくる回るだけだった。

「錆《さ》びてはいないな。祖父が晩年まで使っていた証拠だろう」

「あ、本当ですね」

場所を譲られ、ダイヤルに向き合った。摘《つ》まみの周りに、イロハニホヘト……と、四十八文字が順に刻まれている。

「うーん……まずは、とうま？」

時計の鍵とこちらの鍵が同じというのは単純すぎだろうか。そう思いつつ、ト、ウ、マ、と回してみる。一文字目は右に、二文字目は左に、三文字目は右に。開かない。ならば先ほどと同じく、トは二回か。右に二回、ト。左にウ、右にマ。何事も起こらない。まあそうだよね、と凌は次の案を考える。

「……貴砺さん、お祖父様って、どんな方でした？」

何かの参考になるかと考えたわけではなかった。なんとなく、聞いてみたくなったのだ。

先代の総帥で、貴砺に骨董のすべてを邸ごと譲り、幼かった千波矢を拾って面倒を見た人。凌が知るのはそれくらいだったから。

「すべてを見通しているかのような、不思議な人だった」

「不思議……ですか？」

「ふたりきりで会えた回数はそう多くない。だが会うたびに祖父は予言をくれた。含蓄のある言葉ではなく、何気ない一言なのだが、後々意味を持ってくる。祖父には未来が見えているのではないかと、真剣に思ったものだ」

祖父を思い出しているのか、貴砺は懐かしそうな表情をする。

「同時に、怖い人でもあった。塔眞家の暗い部分も人に任せることなく、血生臭いことにも躊躇《ちゅうちょ》なく手を染めていたと聞いている」

「……暗いって」

「凌が知る必要はないことだ。余計なことを言ったな」

この話は終わり。そんな雰囲気を感じた。

気にかかりつつ、凌もそれ以上は追及せず、目の前のダイヤルに意識を戻す。

（未来が見えているみたいな人……か）

今、こうして鍵を開けようとしていることもお見通しだろうか。

そう考えて、ハッとした。

「貴砺さん、このお邸って、お祖父様の意思で貴砺さんが受け継いだんですよね？」

「そうだ。生前からおまえに譲ると言われていて、遺言でもその通り記されていた」

もしかして、という思いつきだった。

表の文字盤が『とうま』なら、奥にある金庫は——。

右にタ、左にカ、右にト。——カチッ。小さな手応えとともに、鍵が開いた。

思わず顔を見合わせる。そして笑ってしまった。なんて可愛い暗号だったのだろう。

「まさか私の名が鍵になっていたとは。祖父もおもしろいことをしてくれる」

「本当ですね。……でも、不思議ですね。時計の鍵の『と』が二周必要っていうのは、記号がないと思いつかなかったことですもんね？」

「確かに。兄が記号を提示しなければ……そして龍流文字を共有させなければ、この金庫には辿り着かなかっただろう。——中を見てみるか」

貴砺が金庫の扉を開ける。中には木箱が一つだけ、収められていた。

箱の色と、結ばれている紐《ひも》の状態から、かなりの経年を感じた。

取り出してみると、箱の表に『秘』の墨書き。

「っ！　これって……」

けた。

「開けてみろ」

緊張に手が震えそうになる。

凌は慎重に箱をデスクに運び、深呼吸をして、なんとか心を落ち着けてから紐に手をかけた。

するすると解かれる紐。木箱の蓋《ふた》を開けると、中には布に包まれたもの。箱の隙間には綿が詰められ、木箱と中身のサイズが合っていないことが分かる。共箱がないのだ。

共箱があれば作者の銘や伝来の履歴が分かったりして価値の正銘になるが、あまりに古いものだとそもそも共箱が存在しない。この箱は祖父が誂《あつら》えたのかもしれない。そして『秘』と書き――。

凌は丁寧に、布に包まれた物体を手に取った。

デスクの上に寝かせ、布を開いていく。そして息を呑んだ。

現れたのは、あまりにも美しい青磁の香炉。

たった今、焼き上がったばかりかのような新鮮な輝き。釉薬の放つ照りは、まるで水を含んでいるかのような瑞々《みずみず》しさで、とろりとした質感を伝えている。一目で分かる、文句なしの名品。

そして何より凌たちを驚かせたのは、その意匠。

龍だ。天を目指し、宝珠を手にしている——それは、あの記号の、半身そのものの形だった。

記号のメモを並べて確認する。ほぼ左右対称の、右半身にピタリと重なった。

「貴砺さん……」

声が震える。

「ああ。見つけたな」

これでゴールに辿り着けたのだろうか。

もう半身はどこに？

探さなくていいのだろうか。……そうだ、探さなくていいのだ。なぜなら祖父自身が、まだ探していたと怜人は言っていた。所蔵品の中にはこれしかないのだ。

しかし疑問が浮かぶ。

だったら……『双龍青磁』はどういうことだ？

あの神秘的な方法で記号を浮かび上がらせる骨董は、祖父が愛《め》でていたものとは違うのか。

凌は混乱した。何が答えか分からない。

「……これで合ってるんでしょうか」

「気にかかることがあるか？」

「……この香炉は、意匠ですでに記号の半身を表してしまっています。何か仕掛けがあって、記号が浮かび上がるものじゃない」

「なるほど、確かに」

凌は香炉を検分するために、手に取った。

その瞬間、震えが走るような喜びを感じた。本物だ。これは長い年月を経て、現代に伝わってきた名品。手に吸いつくような釉薬の瑞々しさに涙が零れそうになる。それは感動だった。いつまでも触れていたい。ずっと見つめていたい。そう心が訴える。

この香炉だけしか知らなければ、凌は迷わず探し物を終わらせていただろう。祖父の手記との相違があっても、それをねじ伏せるほどの存在感がこの香炉にはある。

「――あ。手記」

そのことを思い出した。

「手記がある、っておっしゃってましたよね。怜人さんが。お祖父様の手記に、あの記号が記されてたって。そこにもっと詳しいことが書かれていないでしょうか」

「その可能性はあるな」

「怜人さんに尋ねてみましょう！　この香炉を見てもらって……」

「待て」

思いつきに浮かれた凌を、貴砺が一言で制する。

「このことは、手札として取っておけ。おそらく手記には、私たちが知らされていない秘密がまだあるはずだ。まずはそれを引き出さなければ」

手札。

その言葉を貴砺から聞くのは、二度目だ。

「凌がこれから劉人として兄と対等に渡り合っていくためには、手札はいくつあっても足りないくらいだ。知りえた情報を片端から提供したり、頼まれてもいないことを先走って調べたりすると、兄は凌を完全に下に見るようになる。命令さえすればいいと侮るだろう。それを避けたい」

「……今までだって、命じられてきたと思うんですが……」

「そうだ。これまでの兄は、凌を私の伴侶として一括《ひとくく》りに見ていたからこそ、命じればいいと考えていたのだろう。ところが今回はどうだ？」

怜人の言葉を思い出す。

確か彼は、『もう脅す必要はない』と言っていた。凌のことを、『我々塔眞一族の劉人で、常に最善の手を打ってくれる』と。『信頼しています』と言ってくれた。

だから淩は、その期待に全力で応えたいと思っているのだが……。

「兄は淩を、私の伴侶だからではなく、『一族の劉人』と見て頼みごとをした。命じるのではなく、頼んだ。それはつまり、淩との新たな関係を作ろうとしているということだ」

「新たな関係……？」

「次期総帥と、一族の劉人として。——子どもが産まれた、この機会に」

淩は小さく息を呑んだ。

「兄にどのような心境の変化があったのかは分からない。ただ、兄は淩に一目置いた。そのことを自覚して、情報提供には慎重になるべきだ」

「調べたことを……情報を、交渉材料にするということですか？」

「必要ならば、そうすることもあるだろう。だが交渉よりも、淩がもたらす情報の価値を最大に高めるという方が近い」

「価値を高める……？」

「平たく言うと、もっとありがたがらせてやれ、ということだ」

貴砺の言わんとしていることは、なんとなく分かった。

確かに淩は今まで、命じられて、それに応えるという関係を当たり前だと思っていたかもしれない。そして今回、もう脅す必要はないと信頼されたことが嬉しくて、張り切ってもいた。

けれど、発見したことをもったいぶるようなやり方には……違和感を覚えてしまう。

「おまえは劉人だ。劉人が一族にとってどれほど特別な存在かは、これまでの経験でよく分かっているだろう」

「……はい」

「秘することは、これからはおまえの武器になる。それを念頭に置いておけ」

はっきりと同意することはできなくて、凌は曖昧《あいまい》に頷いた。

7

翌日から、凌は邸の大広間に並べられた骨董を検分していく作業に追われた。

とにかく最後まで所蔵品を調べることにしたのだ。可能性は低いが、他にも記号が示される骨董があるかもしれない。いや、あるはずだ、という気持ちで真剣に探す。

一方で貴砺は、連日のように出かけている。怜人から手記に関する情報を引き出すためだと言っていた。

あの記号が記されていたという、祖父の手記。

そこには一体、何が書かれていたのだろう。

貴砺とじっくり話し合った末に、龍の香炉は、時が来るまで元通り金庫に保管することにした。

内側の金庫も柱時計の鍵もしっかりとかけ直すと、龍の香炉の存在はふたりだけの秘密となった。

秘密――。その言葉を思い浮かべると、凌の心は揺れる。

塔眞家は秘密に満ちた一族で、これまでの凌は一方的に翻弄されてきた。

彼らと関わるには、そういうものだと思い込まされてきたが……凌まで秘密を持つようになると、化かし合いのようになってしまうのではないだろうか。

それは何か違う、と凌は思う。

しかし貴砺の言うように、劉人として対等に渡り合うためには、秘密という名の手札が必要なのであれば……覚悟を決めるべきなのか。

小さく溜め息をついた凌は、雑念を振り払うべくかぶりを振って、骨董に向き直った。

今手にしているのは、唐物の肩衝茶入《かたつきちゃいれ》だ。肩部が突き出た形は貫禄《かんろく》を感じさせ、戦国時代には武将に人気があったという。惚れ惚れとする一品だが、一通り検分した後、これは違うと判断して箱に仕舞った。

リスト化する際に、すべて一度は手にしたものだが、特殊な仕掛けを探すという観点で見ると、また印象が変わってくる。

次は……と鉢に手を伸ばしたところで、広間に入ってくる王の姿が目に入った。

颯爽《さっそう》とこちらに向かってくる彼は、いつも通り無表情だが、心持ち急いでいるような気がした。何かあったのだろうか。

「凌様。怜人様より、十分後に訪問すると連絡が入りました。至急、貴砺様にご報告したところ、帰宅には二十分ほどかかるとのことです」

「え。行き違いになったってことですか？　今日って、貴砺さんは怜人さんに会いに行ってたはずですよね？」

「行き違いと見せかけて、凌様と一対一で話す機会を怜人様が作られたということだと思われます。おそらく何かの交渉か、凌様から情報を引き出すためか。どちらにせよ、貴砺様がご同席されていては成しがたいことをされるおつもりかと存じます」

予想もしていなかった事態に、凌は動揺する。

貴砺がいてはできないこととはなんだ？

まさか凌が抱えている秘密を暴きに来るつもりなのか？

「ど、どうしましょう……」

「隙を見せないでください」

ピシャリと言われて、背筋が伸びた。

王は眼鏡《めがね》越しの怜悧《れいり》なまなざしを凌に据え、淡々と口にする。

「僭越《せんえつ》ながら、凌様。状況は凌様に有利です。隙さえ見せなければ、貴砺様がお戻りになるまでの十分間を耐えることなど容易いかと存じます」

「……どうしてそんなことが分かるんですか？」

「怜人様のお立場であれば、凌様をひとりで呼び出せばいいにもかかわらず、奇襲攻撃のようなことをされているからです。しかも時間はわずかなもの。何かしら追い込まれていると想像できます」

凌には考えもつかなかったことを、王はさらさらと答える。なるほど、と思わされた。そして不安になる。自分はたったこれだけの推理もできずにいるのに、怜人と渡り合うことなどできるのだろうか。

怜人とふたりきりで会うこと自体は、骨董の買い付け依頼でずいぶんと慣れてきた。けれどそこに交渉は必要なかった。骨董の話をしているだけで楽しくて、時間が過ぎてゆき……。そうだ。

「怜人さんを、この広間にご案内します。応接室も一応準備をお願いしますが、そのつもりでいてください」

「……よろしいのですか？」

「はい。貴砺さんの所蔵品をご覧になる機会は少ないと思うので、怜人さんの気も緩むと思うんです」

勝手に見せてしまうことになるが、貴砺は許してくれると思った。骨董のことは、すべて凌に任せてくれているから。

「では、お迎えに行ってきます。王さんはここをお願いします」

「御意に」

大広間の鍵を持つ王を残し、凌は玄関に急いだ。

エントランスホールにはすでに使用人たちがずらりと整列していた。男性陣は黒のスース姿、女性陣は紺色のワンピースに白いエプロンとカチューシャという可愛らしい出で立ちだが、実は全員が訓練された警備員でもある。警備部は立派な組織が別にあるが、すべての使用人が有事に対応できるようになっている。

今はそんなことはおくびにも出さず、美しく整列している彼らの前を通り、凌は玄関の扉をくぐった。

「怜人様、ご到着です」

インカムで報告を受けた使用人がそう告げると、ほどなくして、アプローチをやってくる黒塗りの車が見えた。車寄せに滑らかに停車。

凌は深呼吸をして、気合を入れる。

隙を見せないように。王のアドバイスを反芻《はんすう》し、落ち着いた微笑《ほほえ》みで怜人を迎えた。

「怜人さん、ようこそお起こしくださいました」

「やあ、凌さん。急に押しかけてすみません。貴砺の所蔵品を虫干し中と聞いて、興味を

ろうか。

人好きのする穏やかな笑顔を浮かべて、真っ先に怜人はそう言った。これは、骨董を見せろということだろうか。それとも使用人たちの手前、訪問の理由として口にしただけだろうか。

その表情からは、双子がすでに誕生しているという大きな秘密など微塵《みじん》も感じられない。いつも通り、悠然としている。

「すみません、貴砺さんはまだ戻っていないので……。しばらく、わたくしだけになってしまって恐縮ですが、よろしければ、虫干し中の骨董をご覧になりますか?」

「ぜひ。こんな機会でもないと、かつての祖父のコレクションを目にすることはないですからね。楽しみです」

怜人は目を輝かせた。

大広間へと案内する道すがら、怜人はありふれた骨董の話を振ってくる。凌が以前、頼まれて買い付けた茶碗《ちゃわん》を飾った話や、次に欲しいと思っている手鉢の話など。いつも通りの怜人で、追い詰められているような様子は微塵も窺《うかが》えない。本当にただの行き違いではないかと思ってしまうくらいだ。

大広間に到着すると、控えていた王が鍵を開けて扉を大きく開いてくれた。

入り口に立つなり、怜人はぐるりと首を巡らせて、感嘆の溜め息をつく。

「これは……。壮観ですね」

「はい。いつもは箱入りの状態で蔵に収納していますから、こうして広げると圧倒されます」

「これでも所蔵する陶磁器の半分ほどなのでしょう？　祖父のコレクションは本当にすごかったのだと感動させられます。――や、あれは唐三彩《とうさんさい》の置物ではありませんか？」

部屋の入り口から二列目に並べられている置物を指さし、怜人はピタリと当ててくる。

「はい、そうです。近くでご覧になりますか？」

「ええ」

軽やかな足取りで、怜人はついてくる。

唐三彩の置物の前に来ると、怜人は「おお……！」と嘆息した。

「こちらは、当時の貴族の姿を写した人形の置物と考えられています。供箱はありませんが、誂えられた箱に、お祖父様が購入されるまでの来歴が記されています。百年ほど前に発掘された唐三彩に間違いありません」

「この艶やかな照り、豪華絢爛《けんらん》な色使い……。手に取っても構いませんか？」

「どうぞ」

満面に喜色を浮かべた怜人が、置物に手を伸ばす。持ち上げて、顔を近づけたり離したりしながら、矯《た》めつ眇《すが》めつ眺め、うっとりしたような溜め息を零す。その気持ち、とてもよく分かる。

ここにいる怜人は、本当にただの骨董好きみたいだ。

この調子なら、貴砺が戻ってくるまであと少しの時間を、問題なくやり過ごせるのではないかと思った。

「や、そちらは法花《ほうか》の壺《つぼ》ではありませんか？　見てみたかったものの一つです」

怜人が興奮ぎみに近くの壺を指さした。

法花とは、『輪郭のある文様』という意味で、堆線で文様を描いで境界を作り、それぞれの境界内に釉薬をかけて焼き上げたものだ。明時代の中期、十五〜十六世紀に景徳鎮《けいとくちん》の民窯《みんよう》で作られた。

「こちらもよかったら、手に取ってご覧ください」

「ありがとう。あまり貴砺の所蔵品に興味を示すと、取り上げるつもりかと噂されるので、普段はこれでも平静を装っているのですよ」

大広間には他に誰もおらずふたりきりだというのに、内緒話のようにこそりと告げられて、凌も釣られて笑っていた。

怜人のこの姿が演技には思えない。

凌が少し気を緩めた時だった。

「これだけ一級品がごろごろしているのですから、例の品も大層な名品だったことでしょう」

「え？」

「探し出してくださった品は、今、どちらに？」

突然の言葉に、理解が追いつかなかった。

怜人は笑みを浮かべたまま、凌に迫ってくる。

「隠し通せるとでも思っているのですか？」

「っ！」

『双龍青磁』のことがバレているのだ。真っ先にそう思った。知られてはいけないのに、と及び腰になってしまい、次の瞬間怜人の目が獲物を見定めたかのような鋭いものに変わったのを見て、しまった、と思った。カマをかけられたのだ。

「やはり。すでに見つかっているのですね？」

怜人はもう笑ってはいなかった。まるで先ほどまでの和やかな空気が幻であるかのように、威圧感に満ちた次期総帥の顔が現れる。

凌は思わず後ずさりかけて、周囲に広げた骨董の存在を思い出し、グッと足を踏ん張った。骨董のおかげで無様な姿を見せずに済んだ。

「っ、あ、あの……」

「誤魔化《ごまか》そうとしても無駄ですよ。貴砺が、手放したくないとでも言ったのでしょう？」

「……え？」

一体なんの話だろう。虚を突かれたような心地でいると、怜人が不審そうに眉根《まゆね》を寄せた。

「骨董にまったく興味のない貴砺が、手放すのを惜しむほどの名品なのでしょう？」

あの『双龍青磁』が？

とんでもない名品であることに間違いはないが、貴砺は他の骨董と同様に、特に興味など示していない。怜人の言わんとしているところが、凌には理解できなかった。

「……えっと。すみません、……なんのお話なのかまったく……」

困惑していると、怜人が身を引いた。凌を観察するようにじろじろと眺め、それから首を傾げる。

「嘘をついているわけではなさそうですね。――ではなぜ、貴砺は手記にこだわるのでしょう？」

（――あ！　龍の香炉のことか）

凌はようやく思い至った。

『双龍青磁』ではなく、貴砺の書斎の金庫から見つかった龍の香炉のことを、怜人は話しているのだ。

貴砺が今、探っているのは、手記に記されているだろう秘密。怜人からそれを引き出すために連日出かけていたのだから、すぐにそちらを思い浮かべなければならなかったのに。

鈍い自分が情けなくなる。

「何か心当たりがあるようですね」

再び鋭い視線を向けられて、凌は身を竦めた。

貴砺が戻るまで、なんとか追及の手から逃れなければいけない。

「……その、手記は、謎解きのヒントとして見せてもらえないかと、ふたりで話していたのです」

「なぜヒントになると？」

「……あの記号が、手記から写したものだとおっしゃっていたからです。そして、後になってヒントを――龍流文字をくださったから、手記にはまださらなるヒントが記されているのではないかと考えたんです」

「つまり龍流文字は役に立ったということですね？」

「はい」

頷いてから、あれ？　と思った。これは言ってもよかったのだろうか……と。

「そうですか。やはり探し物は見つかっているのですね」

凌は己の過ちに気づいた。どうしよう、と内心で焦る。

貴硴が戻るまでのほんのわずかな時間でさえも、怜人と渡り合うことができなかった。自分はなんと未熟なのだろう。

龍の香炉を見つけたことを知られてはいけなかったのに。貴硴になんと言って謝ればいいのか――。そう思いつめかけて、ハタと気づいた。

なぜ知られてはいけないのか。――貴硴がアドバイスしてくれた『手札』にするべきだから。

劉人として、怜人と対等に渡り合うための手札に。

（……どうして？）

不意に落ちてきた疑問は、根本的な問いかけとなった。

凌はこれまで、劉人としての自分の立場に不満を持ったことなど一度もない。

貴硴や一族の役に立てることが嬉しくて、自分にしかできないことをまっとうしたいと思って動いていた。

そして怜人の態度が軟化した。

それは結果論であって……どうして凌まで態度を変えなければいけないのだろう？

貴砺のアドバイスは、一族の考え方として正しいのだと思う。

しかし凌は、『対等』であることにそれほど固執していない自分に気づく。

（命じられるのは……寂しい気がする。頼んでもらえるだけで充分なのにって、ずっと思ってきた）

頼まれさえすれば、全力を尽くして謎を解く。そしてその結果を、報告するが……。

そこまで考えて、ハッとした。

龍の香炉の発見は、いい。そのまま伝えてもなんの問題もない。

けれど『双龍青磁』は違った。

貴砺が所蔵する瓶は『記号』の片側のみを浮かび上がらせ、必然的にもう片方がこの世に存在することを示唆してしまっている。あの瓶の存在を報告することで、失われた片側を今また探し始めるということは避けたい。

（秘密にするなら、瓶のことだ）

凌は混乱している頭を、懸命に整理しようとする。

しかし秘密にすべきことがチラチラと何度も脳裏を掠《かす》め、混乱は治まらない。

秘密、秘密、秘密――……どうしても守りたい。

浮かんできた言葉に、目の前がパッと開けたような気がした。

(そうだ、守りたいんだ)

秘密の瓶の片割れを所蔵する、今村家を。いつも落ち着いた微笑みを見せてくれる幸太郎を、朗らかな紗友美を、産まれてきたばかりの祈を。

凌は家族を守りたい。

決して、自分の立場ではない。

(……そっか。保身は必要ないんだ)

混乱した末に、そんな結論がぽろりと零れ落ちてきた。

すると、絡み合っていた糸がするすると解けるように、思考がクリアになっていく。

『双龍青磁』のことは、今はまだ言わない。今後、報告するかどうかは、すべての所蔵品を調べてから、改めて考える。

今、怜人に報告するのは龍の香炉のことだけだ。龍流文字のヒントで探し当てたと伝えて――。

そう心が決まると、まっすぐに怜人の顔を見返すことができた。

そして口を開こうとした時、大広間の入り口に貴砺の姿を見つけた。

凌の心は陽が差し込んできたかのように明るくなり、ホッと胸を撫でおろす。

闊歩《かっぽ》してきた貴砺は、凌の前に立ちはだかるようにして、ふたりの間に割り込んだ。あからさまな警戒心に、少し驚く。

「お待たせして申し訳ありません、次期総帥。私は本家の応接室で待たされていたので、よもや行き違いになるとは思ってもみませんでした」

「やあ、貴砺。それは悪いことをしたね。まさか我が邸の使用人に連絡ミスがあるとは、嘆かわしい」

「質が落ちていると言わざるを得ませんね。教育係をお貸ししましょうか？」

「王月林なら歓迎するが？」

「それはできない相談ですね」

不穏な会話を始めた彼らに、凌は背筋が寒くなる思いがした。

貴砺の憤りは分からなくもない。しかしこうしていても埒《らち》が明かない。

凌は貴砺の腕にそっと手を置き、宥《なだ》めるように漆黒の眸を見つめた。

「あの、貴砺さん。怜人さんに、書斎のものを見ていただこうと思うんです」

宥めるどころか、眉間《みけん》に皺《しわ》を寄せられてしまった。

「凌」

不満そうなその呼び方ひとつに、貴砺の想いが詰まっていた。

なぜそう簡単に情報提供するのかと、私の話を忘れたのかと言いたいのだろう。

けれど不思議なくらい、凌の気持ちは落ち着いていた。

動揺していたのは、迷いがあったからに違いない。守りたいものがはっきりした今、迷いは消えた。

「おれのことを考えてくれてありがとうございます、貴砺さん。でも、決めたんです。思うようにさせてください」

「おまえは人が好すぎる」

深い溜め息をつかれてしまった。

そんな凌たちの様子を見ていた怜人に、

「なるほど。交渉術でも教わっていたところでしたか？」

と、ずばりと言い当てられた。

「……えっと、すみません」

「構いませんよ。交渉相手が他家ならば、貴砺の言うことは正しい。この世は情報戦ですから、貴重な情報をおいそれと渡してもらっては困ります。ですが、その点は凌さんも心得ているのでは？　相手が私だから、交渉などせず手の内を曝《さら》け出してくださるのでしょう？」

「そうです」

思いがけない援護に、凌は深く頷いた。

「とはいえ、時に、私さえも蚊帳《かや》の外に置いてくれますが」

それは『真の宝珠』を探した時のことだろう。凌は麗那のみに真実を伝えることを選び、怜人に脅されても決して口を開かなかった。

けれど凌は、『双龍青磁』のことを思い浮かべて、どきりとした。

（大丈夫。落ち着け。守りたい人たちがいることさえ揺るぎなければ、口を滑らせたりしない）

心の中で自分に言いきかせ、怜人を貴砺の書斎に案内する。

大広間を再び王に託し、三人で廊下を進んだ。書斎は来客ゾーンとは離れた位置にあるため、長い距離を歩くことになる。

途中、怜人が小さく笑った。どうしたのだろうと振り返ると、廊下の壁にかかっている龍の水墨画を見ていた。

「先代の頃と同じものが飾ってある。先ほどから見かけるものがすべてそうだ。自分好みにかけ替えようとは思わないのか？」

廊下には美しい絵画が飾られていたり、季節の花が生けられたりしていて、日頃から心を和ませてくれるのだが、貴砺の好みではなかったらしい。

「装飾にも骨董にも興味がないからこそ、先代は私に古美術品のすべてを邸ごと譲り渡したのだと心得ているからですよ。必要があれば動かしますが、なければ時が来るまで眠らせる——それが私の使命です」

きっぱりと言い切った貴砺からは、自尊心のようなものが見て取れた。

膨大な量の骨董を祖父から受け継いだ貴砺が、そのまま次世代に譲り渡そうと考えていることを凌は知っている。それが一族のためになるからだと。

しかしそれだけではないように感じた。眠らせることが使命だとまで言ってしまえるのは、きっと譲り受けたものの中に家宝も含まれているからだろう。貴砺が守る邸の、奥深くで眠る黒劉《こくりゅう》を思い出し、凌は貴砺の使命の重さを感じた。

書斎に着くと、貴砺が電子錠を解除して中に入った。

怜人が珍しそうに室内を見回す。柱時計の方も見たが、視線はすぐに逸らされて飾り棚の方に向いた。特に飾られている美術品はなく、そこも書類らしきもので埋まっている。

「凌」

貴砺から、プリントアウトされた龍流文字の一覧を受け取る。

自由にするがいい、とその目が語っている。

凌は深く頷き、ポケットからあの記号のメモを出して、龍流文字と並べて掲げた。

「このふたつが、怜人さんからいただいたヒントです。わたくしたちはこの記号を、龍流文字の『と』ではないかと考えました」

「どうしてですか？」

「失われた八文字のうち、七文字は千波矢さんによって仮字が置かれています。残りの一文字、『と』に仮字がないのは、密《ひそ》かにこの世に存在しているから——それがこの記号です」

説明すると、「正解です」と怜人は微笑む。ここまでは序の口といったところか。

「怜人さん。お祖父様の手記には、この記号と、龍流文字の『う』と『ま』が並んで記されていたのではないですか？」

「……なぜそう思われるのですか？」

「その並びが、大きな鍵になっていたからです。こちらにいらしてください」

柱時計の前に案内する。そして午の刻、『う』と『ま』が重なった文字を指し示すと、怜人はわずかに目を瞠《みは》った。

「こんなところに龍流文字が……。貴砺は知っていたのか？」

「文字という認識はありませんでしたが、存在には気づいていましたよ」

「暴こうとは思わなかったのか？　この奥には隠し金庫でもあるのだろう？」

「時が来れば開くものでしょう」

どっしりと構える貴砺に、怜人はしばし絶句したように黙り込んだ。

「……おまえのそういう資質を、先代は見抜いていたのだろうな」

「誉《ほ》め言葉として受け取っておきます」

「それで、すでに時は来たということか？」

「ええ。私の花嫁が、見事に解き明かしました」

実際には貴砺の手柄によって解き明かすことができたのだが、その説明は必要なさそうだ。

「金庫の中には何が入っていた？」

「ご自分の目で確かめてはいかがです？　その方が感動もひとしおでしょう」

「おとなしく差し出すと？」

「次期総帥がここまで強く望むものならば、喜んでお譲りしますよ」

私には特に必要のないものだ、と澄ました顔が告げている。対して、怜人にはもどかしさのようなものを感じた。追い込まれているという王の言葉が思い出される。

「ならばなぜ、手記の内容を探るような真似《まね》をした？　譲るのが惜しいと思ったからではないのか」

「なぜそのような解釈になるのか、理解に苦しみます。我々は単に、手記にはまだ知らされていない秘密が書かれているのではないかと考えただけのこと」

「まるですべてを知る権利があるとでも言いたいようだな」

「滅相もない。あくまで探し物のためですよ」

「すでに鍵は開いたのではなかったか」

「鍵は開けど、謎がすべて解けたわけではない。そういうことです」

怜人が不審そうに貴砺を見て、凌に視線を移した。

探るようなまなざしが怖い。けれど怯《ひる》んではいけないと思った。

「謎とは？」

問いかけに、凌はずっと気になっていたことを思い出した。

「あの……まずは、龍流文字をヒントとしていただいたタイミングが謎でした。どうしてこの記号と一緒にいただけなかったのか」

「ああ。それは単純に、龍流文字が餌だったからですよ。エリク・ヴィクトロヴィチを釣るための」

思わず貴砺の顔を見た。貴砺の推測は当たっていたらしい。

「エリク・ヴィクトロヴィチには、龍流文字は自分で見つけた獲物だと思い込んでもらう必要があった。万に一つも、餌だと見破られてはいけなかったのです。だから凌さんには、彼と接触した時点では龍流文字に関してまっさらでいてほしかった。うまくいったようで何よりです」

目だけは鋭いまま微笑む怜人は、悪びれる様子などまったくない。

「謎はそれだけですか?」

「いえ……」

もっと大きな謎が残っている。なぜ記号を表す骨董が、二種類存在するのか。

しかしそれは口にできないので、まずは龍の香炉を見てもらおうと、凌は柱時計の文字盤に向かった。

「開けます」

針を辰に合わせる。ぐるりと二周回して、午の刻でピタリと止めた。

ガタッ。文字盤が外れる。ゆっくり開くと、壁に埋め込まれた金庫が現れた。数日前とまったく同じ状態だ。

「イロハダイヤルですか。こちらの鍵も開いたと？」

「はい。その……ちょっと可愛らしいキーワードだったんですが」

祖父が設定したものだが、なんとなく照れてしまう。

摘まみを握り、ダイヤルを回した。右にタ、左にカ、右にト。

カチッと解錠の音がした瞬間、怜人が吐息で噴き出した。

「そういうことか……！」

「え？　どうかしましたか？」

怜人は肩を揺らして笑い、「まいった……」と天を仰ぐ。

「タカトは鍵か。私はてっきり、骨董の所有者を強調するものだとばかり……」

「……あ。もしかして、手記に貴砺さんの名前が記されていたんですか？」

鍵として。しかし怜人はそれを、別の意味に——貴砺こそがその骨董を所有する者だという意味に取った。だからヒントとして渡してもらえなかったのか。

「存在するはずもない敵と、ひとりで戦っていたというわけですか。これは気の毒な」

「たっ、貴砺さん！」

そんな挑発するような言い方をしては、怜人が気を悪くする。そう焦ったのに。

「言ってくれる」

と怜人は苦笑で受け流した。

「我々は味方だと、口に出して言うべきでしたか？」

「……言われた時点で、疑いを深くしていただろうね。耳触りのいい言葉ほど警戒すべきものはない」

「そうでしょうね。だが、凌のこれまでの行動は、あなたの信頼を得るに値するものだったはずだ。望みのものを手に入れたいなら、ただ凌を信じればよかったのです。――凌」

貴砺が金庫の扉に手をかけ、開けた。

中には箱がひとつ。貴砺に促され、凌は箱を取り出した。

怜人の目が、箱に釘《くぎ》づけになる。そこには『秘』と墨書きがある。

「これは――秘色!?」

凌は言葉に詰まった。これが怜人の探し求めているものかどうか、まだ分からない。

「……確証はないんです。まずはご覧いただけますか？」

執務机に載せて、紐を解く。蓋を開けると、布に包まれたそれが現れた。凌は慎重に箱から取り出し、デスクに置く。そして丁寧に布を外すと、光り輝くような美しさの、青磁の香炉が姿を現した。

「……っ！」

怜人が息を呑んだ。

一瞬にして、その美しさに心を奪われたのが分かった。

数日前に凌が初めて目にした時に感じた感動と衝撃を、怜人も今、味わっているのだろう。

怜人は絶句したまま、龍の香炉に手を伸ばした。指先で鱗《うろこ》に触れた瞬間、驚いたように手を引いた。おそらく釉薬のあまりの瑞々しさに驚かされたのだろう。再び、そっと触れ、つぅ……となぞる。それからうねりを確かめるように手のひらで包み込み、慈しむように撫でた。

「……手に吸いついてくるようだ……」

嘆息する怜人は、説明するまでもなくこの香炉の素晴らしさを感じ取ってくれたようだ。

「これほどの青磁は、滅多に出逢えるものではありませんね。祖父が特別に愛でていたとしてもおかしくない」

「はい。わたくしもそう思います。ただ……記号の半身でしかないのです」

「ああ」

今気づいた、というふうに、怜人は香炉を見る。

そして、言葉が零れるように呟いた。

「――影、か」

そう言ったきり、考え込むように沈黙する。

何か気づいたことがあるのだろうか。凌は黙って見守った。

しばらくして、怜人は深い息をついた。そして懐からスマホを取り出し、画面に写真を表示させる。それを、凌と貴砺に見せてくれた。

「祖父の手記です」

なぜ急に見せてくれる気になったのか分からなかった。ただ、怜人の歩み寄りを感じる。

緊張しながら写真を覗き込むと、万年筆で記したと思《おぼ》しき、強弱のはっきりとした文字が並んでいた。

真っ先に、『タカト』の部分が目に入る。力強い筆跡。そこだけ浮き上がるように目に飛び込んできたのは、慣れた単語だからだろうか。

しかし客観的に見てもとても目立っていて、怜人がこれを所有者の強調だと解釈したのは仕方がないことかもしれないと感じた。

一行目から順に見ていく。

書き出しは、あの記号。そして『すべての始まり』と書かれていた。

二行目には、記号と龍流文字の『う』『ま』が並んで記され、三行目に『タカト』、そして四行目に『影が現れし時、完璧《かんぺき》な姿となる』という言葉。

これは大きなヒントではないだろうか。

「凌さん、香を焚《た》かれましたか？」

「え、いえ」

滅相もない、とかぶりを振る。

これほどの名品、触れるだけでもひどく緊張するのだ。香を焚く——つまり使用するなど、考えもしなかった。

「では、焚いてみましょう。貴砺、構わないな？」

「よきように」

貴砺の許しを得て、凌は内線電話で使用人に三角香を持ってくるよう頼んだ。ほどなくして届けられ、準備が整う。

改めて香炉に向き合い、その美しさに魅せられつつ、炉の蓋を開けた。三角香を置き、火を点《つ》ける。そして蓋を閉め、見守った。

しばらくして……ふっ、と煙が現れたのは、天を目指す龍の、宝球を抱く足先、鱗に覆われた胴など、予想もしていない部分からだった。数ヶ所に小さな噴き出し口があったらしい。煙は龍の体内に充満し、一気に放たれたのだ。

そして煙は驚いたことに、まっすぐ上に昇るのではなく、まるで操られるようにうねり、香炉に絡みつき、描いてみせた。――もう一頭の龍を。影の、龍を。

それにより現れたのが、完璧なあの『記号』だった。

「これぞ……！」

怜人が感動したように、声を震わせる。

凌も心を揺さぶられ、そして驚いていた。

これこそが、怜人の探し求めていたもの。そして祖父が愛でていた品。すべての状況が、そう告げている。

では……『双龍青磁』は、一体なんなのか。

怜人に言うべきかという考えがちらりと頭を掠めたが、その必要はない、と強く思った。


――隠すか？


貴砺の言葉が甦ってきた。

『双龍青磁』の『記号』を確認した時、貴砺が迷わずに言った言葉。

真正直にすべてを差しだす必要はないと。――その通りだ、と凌は思った。

凌はこれまで、正直であることが正しいと信じて生きてきた。探し物を頼まれた時も真正面から取り組み、得たものはすべて明け渡した。それが正義だと思っていた。

だから『双龍青磁』の存在を怜人に黙っていることに、後ろめたさのようなものを覚えていたのだ。

秘密は悪いこと――心のどこかでそう思っていたから。

しかしそれは覚悟が足りなかっただけだと、ようやく分かった。

今村家を守りたいなら、凌は『双龍青磁』をすぐにでも隠してしまわなければいけなかったのだ。他の骨董をすべて確認してからなどと、優柔不断なことを考えていたのは甘えだった。

もしこの龍の香炉が見つかっていなければ、自分は一体どうするつもりだったのだろう。

……考えただけで、ぞっとする。

(――隠そう)

凌は決意した。

今村家を無意味に関わらせたくない。守りたい。だから秘密にする。

そして思った。もしかして凌にたくさんの秘密を持っている貴砺も、こんな気持ちなのだろうかと。

双子の誕生さえ教えてもらえなかったことを凌は悲しんだけれど、凌に秘密にしなければならなかった貴砺の気持ちは考えていなかった。

貴砺を見ると、満足そうに龍の香炉を眺めていた。凌の視線に気づき、不敵な笑みを浮かべる。

「『秘色』の発見、お慶び申し上げます、次期総帥」

貴砺が口上を述べると、怜人はゆっくりと顔を上げ、深く頷いた。

「この唯一無二なる名品『秘色』を、百日宴で披露したい」

「ご随意に。『秘色』はほどなくあなたのものとなるでしょう」

「代わりに、何を望む？」

怜人の問いかけに、貴砺は凌を軽く抱き寄せた。

そして泰然と告げる。

「未来永劫《えいごう》、凌の『劉人』としての立場の保障を求めます」

「っ⁉」

凌は息を呑む。空気が張り詰めた気がした。

「どういう意味だい？」

「今後、新たな劉人が判明しても、凌の身の安全が保障されることを望みます。そして一生涯、私の伴侶であることも揺るぎないと」

心臓が縮む思いがした。貴砺は何を言い出すのか。

怜人の目が、スッと細くなった。雰囲気ががらりと変わる。次期総帥としての威厳が放たれる。

「なぜそんな心配をする？」

貴砺は余裕の笑みで怜人からの鋭い視線を受け止めるが、凌は硬直して身動きひとつ取れずにいた。

「凌は一族の劉人として、多くを知りすぎた。私を蚊帳の外に置いて、一族のために秘密を持つことさえ選んだ。新たな劉人の誕生に関して、私は真実を知らない。それゆえに凌を守ってやれないことがあるとしたら……それだけは困るのです」

「おまえがおとなしく蚊帳の外に置かれたままだということが、私には信じられないのだが？」

「あなたが信じるのは凌だ。私の言葉ではありません」

怜人の視線が凌に流れる。しんと凍えるようなまなざしに、震えそうになった。けれど貴砺に寄り添って、凌は自分を鼓舞する。

怜人に言うべき言葉はなんだ？

自身に問いかけた。

産まれてきた双子が――『双子で劉人』であるに違いないことは、怜人も承知している。

しかしなぜ『双子で劉人』を産むことができるかという秘密は、麗那も決して怜人に話していないはずだ。それは、麗那のために――新しいふたつの生命のために、凌が解いた謎だから。

けれど怜人が、その秘密を知りたがっていることは分かっている。そして凌から貴砺に漏れることを危惧《きぐ》していることも知っている。

だから――。

「わたくしが守りたいのは、命です。大切な人たちの命を守りたい。そのための秘密は、これまでも、これからも、決して明かさないと誓えます。それだけです」

怜人の目を見返してはっきり言う。

しばし、睨み合うような形になってしまった。

けれど凌は決して怯まなかった。

守りたい。ただそれだけ。――そんな気持ちを籠《こ》めて怜人を凝視すると、やがて彼は小さな溜め息をついた。

「――分かりました。凌さんを信じましょう」

「っ！　ありがとうございます」

「ただし凌さんが、万が一、口を滑らせるようなことがあれば……」

途中で言葉を切った怜人が、「いや」とかぶりを振る。

「ここで脅しては何も変わらない。私は凌さんを信じると決めたのです。失望させるようなことはしないと、最後まで信じさせてください」

怜人がいつもと違う。また、そう感じた。

彼の信頼を本当の意味で得られる日がいつか来るかもしれない。そんな予感に胸が躍った。

「同意を得られて安心しました。凌は私の誇りです。では後ほど、誓約書を作成して王に届けさせます」

「え、誓約書なんて作るんですか？」

「当然だろう。口約束ほど不確かなものはない」

貴砺の言うことはもっともかもしれない。しかし今ここにいる怜人と、そんな文書を交わす必要があるのだろうかと疑問に思った。

「……あの、おれも信じたいです。怜人さんのこと。だから誓約書はなしというわけにはいきませんか？」

貴砺の眉間に皺が寄る。馬鹿げたことを言っていると思われているのだろうか。

ははは、と声を上げて笑ったのは怜人だ。本当に愉快そうに、破顔している。

「それはおもしろい。私が凌さんを信じることで、凌さんも私を信じてくれるというのですね？　——いいでしょう。この口約束をもって、成立とします。凌さんの劉人としての立場を、未来永劫保障します。違《たが》えることがあれば、この命を差し出しましょう」

「えっ」

「それともうひとつ、凌さんを信じる証《あかし》として——今日が旧暦でいつか分かりますか？」

「え、旧暦ですか？」

今日の日付を思い浮かべたが、旧暦はすぐに思い浮かばなかった。

すると怜人は、口角を上げて。

「旧暦の今日、十七時十一分。——もしもその瞬間にこの世に生を受けることができれば、その人間は、最高の指導者になるという運勢を持っています」

「……え？」

どういう意味か分からなかった。しかし隣で貴砺はクッと笑う。

「心得ました。ではこの香炉は、未来の最高の指導者誕生の祝いとして贈ることにしましょう」

「……あっ！」

今日、産まれることになるという意味か。表向きには。

「発表は今夜。楽しみにしておいてください」

「はい！　……あ、でも、あまり楽しみにしてると、あらかじめ知ってたってバレてしまいますよね？　気をつけます」

「真面目《まじめ》だな、凌は。私の忠告を忘れずにいる素直さも愛《いと》しいが、あと数時間のことならば問題ない。出生日時を都合よく変更することなど、中国では普通のことだ」

「え、そうなんですか？」

「ああ。本当の生年月日と時間を知られると、占われたりまじないに用いられたりするからな。数ヶ月単位で偽ることはそれほど多くないが、なくはない。だから私も……いや、なんでもない」

「……もしかして、貴砺さんも誕生日が実際と違うとか？」

尋ねると、にやりと笑われた。

予測もしなかった貴砺の新たな秘密に、凌は慄《おのの》いた。

＊　＊　＊

その日の夜、塔眞一族に本家令息誕生の報が駆け抜けた。

命名、玲瓏《あきら》。

双子であることは、百日宴まで、絶対の秘密だ。

秘密が明かされる時、その傍らには『祖』の再来を示唆する龍の香炉が焚かれているだろう。

8

一族の伝統である『精霊迎えの儀』は、子どもの誕生の翌日より三日三晩催される。

朝から家族のみで儀式が行われ、その後、自宅に一族の男性が次々と言祝《ことほ》ぎに訪れて振る舞いの料理に舌鼓を打つのだが、その規模がすごかった。

故宮のように威風堂々とした歴史的な造りの本家邸宅の大広間には、滝ができていた。一体どういう造りになっているのか、どうどうと音を立てて流れ落ちる滝壺には鯉《こい》が放たれていて、時折ぴしゃっと飛び跳ねる。リアル鯉の滝昇りか。滝を昇った鯉はやがて龍になるという伝説があるため、それを表現しているのかもしれない。驚くべきは、その鯉も食材だということだ。客からオーダーが入ると料理人が鯉を捕まえ、包丁を入れるというシステムだった。

注目すべきは滝だけではない。

広間には円卓がいくつも並べられ、各円卓の中央には見惚《みと》れるほど美しい鳳凰《ほうおう》が羽を休めている。鳳凰はすべて野菜の飾り切りで形作られていた。その足元にはこれまた見事な飾り切りのフルーツが盛られ、その周辺には飴色の焦げ目が食欲をそそる北京ダックや、見たこともないほど大きなフカヒレの姿煮、燕《つばめ》の巣のスープなどといった高級食材も惜しげもなく並んでいる。そして酒、酒、酒。円卓はどこも溢《あふ》れんばかりの食事と酒が載っていて、豪華絢爛だ。

席次は一応決まっていたが、食事が始まってしばらく経つと、我先に言祝ぎを述べようとする人々の長蛇の列が怜人と総帥の前にできたり、人々が好き勝手に席を移動したりして、広間は雑然とした雰囲気になった。

ざっと見渡す限り、人、料理、人、料理、人。大半の人がスーツ姿で、中には中華服の人もいるが落ち着いた色合いばかりなので、とても圧を感じる。

一族のこうした集まりには、凌は以前、自分の『披露目の儀』で参加している。

しかしその時は女性も多くいたし、華やかな立食パーティーだったので、これほどの圧は感じなかった。

それになにより『披露目の儀』との違いは、この『精霊迎えの儀』には主役の赤ん坊本人も、その母親である麗那も参加していないということだ。

あくまで一族の男性による、子ども誕生の祝宴。

このご時世に時代錯誤も甚《はなは》だしいとは思うが、伝統とはそういう側面もあるということは分かる。

凌はとにかく圧倒されて、貴砺の隣でおとなしくしているほかなかった。

それにしても、なぜだろう。これだけ多くの人がいるのに、貴砺のところには誰も近寄ってこない。どちらかというと遠巻きに、様子を窺われているような気がする。

「……貴砺さん、もしかして避けられてますか？」

「先陣を切る勇者がまだ現れていないだけだ。この祝宴での私の立場は、子どもの誕生で、総帥の地位を継承する順位が後退した哀れな男だからな」

「あ。……言われてみればそうですね」

だが貴砺がそんなことにこだわっているわけがないことを、凌はよく知っている。

だからそう言ったのに、貴砺には笑われてしまった。

すると周囲から、声にならないざわつきを感じた。どうやら貴砺が笑ったかららしい。

「……なんだかすごく注目されてないですか？」

「当然だろう。近頃は凌も『骨董探偵』として名を馳《は》せているからな。一族の一般的な人間から見た我々は、総帥の座を虎視眈々《こしたんたん》と狙《ねら》う私と、次期総帥からも篤い信頼を得ている劉人の花嫁という、格好の噂の的だ。見世物パンダとでも言っておくか？」

「ええ……。そうと知ってたら、おれは遠慮しましたよ？」

凌も招待を受けたものの、自分たちのみ伴侶同伴になることを懸念していたのだ。貴砺に気にするなと言われて、のこのこ来てしまったけれど。

「愛する花嫁を見せびらかすチャンスを、私がふいにするとでも？」

突然、頤をついと摘まんで持ち上げられて、漆黒の眸に見つめられる。出た。貴砺の露出趣味だ。

凌は咄嗟《とっさ》に貴砺の手を両手で包み、えいと倒して自分から遠ざけると、彼の手に盃を持たせた。

「飲みましょう」

「腕を上げたな」

「なんのことですか？　でも本当に、こんなにすごいご馳走《ちそう》なのに食べてる人あんまりいないじゃないですか。もったいない。せっかくだから、いただきましょう」

「そうだな。だが心配せずとも、宴は三日三晩続くからな。そのうち料理も減り始める」

「あ……何かしきたりとかマナーとかありますか？　まだ料理に手をつけない方がいいとか」

「いや、そういう決まりはない。ただ三日三晩、祝い続けるということだけだ。ほとんどの者はこの広間に缶詰めで」

「えっ、仮眠とかは……？」

「椅子《いす》に座ったまま取る。私たちは別格だ」

実はすでに、部屋に案内されている。本家に着いてすぐ総帥と怜人に会って祝いの言葉を述べ、それから用意されていた部屋で寛《くつろ》ぎ、この宴に参加したのだ。

部屋は宴の間、自由に使っていいと言われている。

「凌は食事を終えたら部屋に戻るといい。私はおそらく朝まで飲んで、仮眠だけしに戻る」

「そんな、おれだけ申し訳ないです。付き合いますよ？」

「酒に酔ってしどけなくなった花嫁を、他人に見せる趣味はない」

いつもはむしろ人に見せつけようとするくせに、何を言っているのか。

突っ込もうとしたが、自分はどうやら酒癖があまりよくないらしいということをなんとなく知っているので、やめておく。ここは貴砺の言葉に甘えるとしよう。

周囲からの視線を感じつつも、凌は胸を張って食事をした。

名前も知らない豪華で美しい料理を、手の届く範囲で銘々皿に取っていく。中央で羽を休めている鳳凰の野菜は、一体誰がどうやって食べるのだろう。貴砺に聞くと、給仕人に頼めば取ってくれるらしい。少し興味があるが、あまりにも美しくて羽を捥《も》ぐ気になれなかったので遠慮した。

料理はどれも本当に美味《おい》しくて、つい食べすぎてしまったくらいだ。

満足……とおなかを撫でると、貴砺は盃を傾けながら喉の奥で笑う。

「おまえは変わった」

突然、なんの話だろう。

「……それって、いい意味ですか？」

「もちろん。それ以外に何がある？」

言い切ってくれる貴砺は、もしかして最高の旦那様《だんな》ではないだろうか。

「これだけ注目を浴びても一向に動じず、食事を楽しむ余裕がある。それこそ私の伴侶に求められる素養だ」

「おれが食いしん坊っていうだけだと思いますけど」

「以前の凌は違っただろう？」

それは確かに。緊張で料理の味なんて分からなかったし、そもそもどう振る舞えばいいかということばかりに気を取られて、食事をしようとも思えなかっただろう。

「手札の話は忘れてくれ」

「……え？」

貴砺の横顔は、ゆったりとした笑みを刷いていて穏やかだった。

「凌は凌の思うままに生きるがいい。おまえに計算は似合わない。信じる道を進めば、おのずと成功を手に入れるのが凌なのだ。――私はまだ完全には、そのことを理解していなかったのだろうな。惑わせるようなことを言ってすまなかった」

「っ！」

謝られるなんて、思ってもみなかった。

抱きつきたい。この両腕を彼の逞《たくま》しい体に回し、抱きしめ、頬ずりをしたい。たくさんくちづけて、体温を交換したい。

どうして貴砺はこんな人目のある場所で、そんな嬉しいことを言ってくれるのだろう。

衝動を抑えるのが大変だ。

「どうした？」

「……おれ、部屋に戻ってます。貴砺さんをひとりにして申し訳ないですけど……仮眠に戻ってくるの、待ってます」

「待たずに寝ていろ。夜明けになる」

今ここで抱きついたら、どんな噂になるだろう。

＊　＊　＊

部屋はまるで高級ホテルのように完璧に設《しつら》えられていた。

廊下から繋がるドアは一ヶ所だが、内部でリビングルームとベッドルームに分かれていて、あとはゆったりとしたバスタブ付きのバスルームがあった。

建物自体は中国の伝統的な趣であるのに、部屋はモダンなアールデコといった雰囲気だ。

凌は部屋に戻るとさっそくシャワーを浴び、寝間着を身に着けてベッドに入った。

なんだか不思議だ。

宴はまだ続いているというのに、ひとりだけこんなふうに寛いでいるなんて。

貴砺も言っていたが、寛げるようになったということ自体が、自分は変わったかもしれない。以前の凌なら、たとえ部屋の中でさえ隙を見せないように緊張していただろうから。

凌は塔眞一族に——少なくとも本家に、身内のような感覚を抱き始めている自分に気づいた。

貴砺の伴侶であるのだから、身内には違いないが、これまではそういった感覚は抱けなかった。

秘密の多い一族に対して構えていて、とにかく隙を見せてはいけないと、貴砺の不利益になってはいけないと気を張っていた。

しかし今回のことで——凌も自らの意思で秘密を持つと選んだことで、腹が据わった気がする。

秘密にただ翻弄されるのではない。

秘密を守り、嗅ぎ分け、真実を選び取るのだと。

（……赤ちゃんたちは元気かな……）

おそらくこの本家のどこかにいるだろう怜人と麗那の子どもたちを想い、凌は胸中で呟いた。

『精霊迎えの儀』では姿を見せることがないというしきたりだが、一族の人たちは確かに赤ん坊の誕生を祝っている。

その気持ちが届けばいいな……と、凌は思った。

双子の赤ん坊たちのことを考えていると、脳裏に浮かぶのは近い時期に生まれたもうひとりの甥《おい》、祈の顔だ。

愛らしい赤ん坊をみんなで囲んで笑い合った日のことを思い出し、いつかこの本家でも、同じようにふたりの赤ん坊を囲める日が来ればいいと願う。

そんなことをつらつらと考えているうちに、凌はいつの間にか眠っていたらしい。

ハッと気づいたのは、バタンとドアが閉じる音だった。

凌は咄嗟に身を起こし、ベッドから下りる。

薄暗がりの中、姿を現したのは貴砺だった。一糸乱れぬ完璧な姿で、悠然と歩いてくる……が。

まだ一メートル以上離れているところから、においがすでにすごかった。

酒臭い。

「っ、おかえりなさい、貴砺さん。すごく飲んだんですね？」

「そうでもない」

にやりと笑うと、手を伸ばしてきた。

ハッとして身を躱《かわ》すより早く、抱きしめられる。

「……っ」

密着しただけで、浴びせかけられているような酒のにおいに、思わず喘《あえ》ぐ。その唇を塞《ふさ》がれた。噎《む》せるような酒のにおいに眉を顰《ひそ》めると。

「キスはいやか？」

小さく笑いながら聞かれた。自分の酒臭さを、貴砺も分かっているらしい。

「溺《おぼ》れそうです」

「私などいつも溺れているぞ。私の花嫁の魅力に」

思わず吹き出してしまった。貴砺も一緒になって笑う。

「酔ってますね？」

「酔ってなどいないことを、証明してみせようか？」

「え？　……っわ！」

いきなり体を抱え上げられたかと思うと、ずんずん進んでベッドにダイブ。ふたり分の体重を受け止めたベッドが派手に弾む。

気づけば背中をシーツに預け、貴砺に見下ろされていた。

この体勢、まさか。

「ね、眠るんですよね？」

「睡眠なら充分に取れただろう？」

「おれじゃなくて、貴砺さんが仮眠しないと……」

「心配するな。二、三日寝なかったところで、なんの支障もない」

普段から睡眠時間の短い貴砺だが、たらふく飲酒しているこんな時まで眠らずにいられるものなのか。健康も心配だが、それよりも。

「でも、だめですよ。こんなところで……」

「ここは寝室だ。なんの問題もあるまい」

問題大ありだ。いくらあてがわれている部屋とはいえ、人様の家でそんなことをするなんて凌には考えられない。

それなのに貴砺は思わせぶりにネクタイを解きながら、ふたたび凌にくちづける。

顔を背けたが、頤を摑まれてすぐに正面を向かされた。強引なくせに優しいキス。

唇を吸われて、力が抜けた。舌を差し込まれて口腔《こうこう》を蹂躙《じゅうりん》されると、酒を飲まされているような心地になってくらりとした。抵抗しようとするのに、酒まみれのキスは凌まで酔わせて動きを封じる。

ここが本家であるとか、今は宴の最中だとか、頭では分かっているのに少しずつ思考が薄れていく。

気がつけば寝間着を脱がされていた。

我に返った凌は脱ぎ散らかした布を引き寄せて体を隠そうとするが、にやりと笑った貴砺に奪われてしまった。

貴砺は凌の体を愛撫《あいぶ》しつつ、器用に己の服を脱ぐ。躊躇なくスーツをベッドの下に放り投げ、一糸まとわぬ姿になって凌に覆いかぶさってきた。

そして耳朶《じだ》に唇をつけて囁《ささや》かれる。

「凌――ふたりだけの『秘密』だ」

「っ！」

貴砺はずるい。たった一言で、凌の心の抵抗を奪ってしまう。

その言葉が今、凌にとってどれほど影響力を持つものか貴砺は知らないはずなのに、なぜ的確にそこを突けるのだろう。

ふたりだけの秘密。それをこの愛するひとと紡げるのかと思ったら、凌の心は激しく揺れた。

「……キスだけ」

「承知した。全身隈《くま》なくキスしてやろう」

「ちがっ……ん！」

がぷりと唇にかぶりつかれ、すぐに深いキスになった。目を閉じると酒の海に投げ出されたみたいに感じて、思わず貴砺に縋《すが》りつく。太い首に両腕を回したら、貴砺は小さく吐息で笑い、体重をかけて凌をベッドに押しつけた。

肌と肌が密着し、貴砺の鼓動を感じる。体の芯に熱が灯《とも》った。

口腔を遠慮なく動き回る肉厚の舌に、凌も懸命に応える。自ら受け入れようと舌を動かすと、噎せるほどだった酒臭さが美酒の匂《にお》いに変化した。

――このまま酔いしれてしまおうか。

しがみついていた両手を貴砺の背中に這《は》わせたら、顔の角度を入れ替えた貴砺にさらに深くかぶりつかれた。もっと……もっと……と、キスはますます情熱的なものになる。

呼吸が荒くなり、頭がくらくらとし始めた頃、貴砺は唇を下に向かって這わせ始めた。

ねっとりと顎《あご》から首筋を舐《な》め、鎖骨に到達すると、骨に沿うようにキスの雨を降らせてくる。いつになく優しい愛撫に、むず痒《がゆ》いような、じれったいような、腰が浮く感覚を覚えた。そして胸の突起を唇で啄《ついば》むように刺激された時、凌は「あ」とあえかな声を漏らした。それは小さなものだったが、確かに欲情に濡《ぬ》れていた。

恥ずかしくて唇を引き結んだら、まるでそれを嘲笑《あざわら》うかのように、突起を舌で執拗《しつよう》に舐《ねぶ》られた。快感を訴えるように、かたく尖《とが》るのが分かった。それを歯で挟まれ、カリッと嚙みながら吸い上げられる。

「んんっ」

凌は身悶《みもだ》えた。たったこれだけの愛撫で、すでに兆してしまっている。

密着している貴砺にはとっくに知られているに違いない。きっと性急にことを進められると思ったのに、貴砺の唇での愛撫はますますねっとりと、丁寧に思えるくらい体の隅々にまで施されていく。兆している中心だけを避け、大腿《だいたい》に、膝《ひざ》に、ふくらはぎに、足の甲に、そして爪先《つまさき》にまでキスをされるなんて初めてだった。

いつもと全然違う。いつもはまるで獣に貪《むさぼ》られるかのような情熱的なセックスになるのに、今夜の貴砺は優しいというか……とにかく前戯が執拗だ。凌がどんなにもどかしさを訴えても、余裕の笑みで愛撫を続ける。

まさかさっきの、全身隈なくキスするという言葉は本気だったのか。

(……もしかして、酔ってるから？　酔ったらキス魔になるとか？)

浴びるほど飲んだ貴砺がどうなるか、凌は知らなかった。

もしもこの想像が当たっていたとしたら……なんて可愛いのだろう。かっこいいのに可愛いなんてずるい。

胸をときめかせたら、まるで呼応するみたいに秘めた場所まできゅんと疼《うず》いた。早くここに欲しい。熱い肉茎でゆさぶってほしい。口では絶対に言えないはしたないことを考えていたら、無意識のうちに腰が揺れていた。

貴砺が、ふっと笑う。

「いい眺めだ」

「え？　……あっ」

いきなり中心を握られた。そして喰《く》らいつくように口に含まれた。

「あーっ」

突然の快感に仰《の》け反《ぞ》って悲鳴を上げる。足がピンと伸び、シーツの上をもどかしく蹴《け》った。するとその足を抱えられ、くるりと反転させられる。凌はうつ伏せになった途端、腰を抱え上げられて四つん這いの状態にさせられていた。そして……ちゅ、と双丘に唇が落とされた。いやな予感がした次の瞬間、秘部に熱い舌を感じた。

「やっ……！」

逃げようとした。けれどがっちりと抱えられていて動けない。恥ずかしくてたまらなくて、なんとかして逃れようともがく。けれど貴砺は動じない。そこに這わせた舌でくじるように後孔を刺激し、じゅぷ、と淫靡《いんび》な水音を響かせた。ひくひくとその場所がうごめいてしまう。まるで期待しているみたいに。

「たっ、貴砺さん、そこはやめてください……！」

「なぜだ？　いつも私のものを健気《けなげ》に飲み込む愛らしい蕾《つぼみ》だ。たまにはこうして時間をかけて綻ばせるのも悪くない」

どうしてそんなに余裕なのだろう。これも酔っているせいか、それとも自分に魅力が足りないのか……と涙目になりながら後ろを振り返ると、腹を打つほど反り返った貴砺の充《じゅう》溢《いつ》を見てしまった。決して余裕があるわけではないらしい。それならば。

凌は真っ赤になりながら、両手で双丘を掴み、左右に開いてみせた。

「っ、……は、早くほ……欲しいので……！　いつもみたいにジェルで、早く……！」

「クッ！」

それからの貴砺は早業だった。

一瞬ベッドを離れるとどこからともなくジェルを出してきて、凌の臀部《でんぶ》にかぶりつくみたいに圧《の》しかかってきてそれを垂らした。とろとろと零れているのにまだ垂らし、指に絡めて蕾に差し込む。

「あっ」

甘い声が漏れてしまう。

丁寧に与えられたキスだけで、体はもうとろけ始めていたから。

さっきまでの余裕が嘘みたいに、貴砺は荒々しい手つきで凌の後孔を開いた。抜き差しする指を順番に増やされ、自分の体が愛しいひとのものを受け入れる準備ができたことを知る。

凌は身を捩《よじ》り、四つん這いから仰向けに体勢を変える。熱い体と向かい合って、背中をシーツに預けた。

貴砺の欲情に満ちた顔が迫ってきて、唇を塞がれた。そしてくちづけを繰り返しながら、大腿を抱え上げられる。秘部に熱を感じた。ぐっ……と楔《くさび》に押し開かれる感覚。隘路《あいろ》を充溢したものが進んでくる。——満たされた、と胸が震えた。

小さく身震いした凌の唇を、また貴砺が塞ぐ。とても苦しい体勢なのに、唇を求められるのが嬉しい。

「おまえも溺れるがいい」

唇を合わせたまままそう囁くなり、貴砺は抽挿を開始した。

「あっ！」

大きなものが抜けていく感覚は背筋をゾクッとさせて、すかさず再び押し込まれて快感を覚えた。それを味わう暇もなく、次の抽挿が待っていた。律動もいつもと違う。凌の反応をいちいち楽しむように腰を動かされる。

「あっ、あっ、……待っ、……貴砺さん、待って……！」

「理性など手放してしまえ」

腰を何度も何度も打ちつけられ、その合間にまた何度もキスされて、本当に溺れそうになる。酒のにおいにも、貴砺にも。

ここがどこであるとか、今がどういう状態だとか、凌の頭からは完全に消えていた。このひとと自分しか知らない、秘密の時間。

凌は揺さぶられるままに甘い声を上げ続け、貴砺の求めるくちづけに応じ続けた。

やがて凌が達すると、貴砺の律動が小刻みになる。奥を、もっと奥を抉《えぐ》るように動き、絶頂へと駆け上がる。

「――――っ！」

最奥に放たれたことが分かった。

貴砺が満足したような深い息をつき、どさりと覆いかぶさってくる。

荒い呼吸の中、どちらからともなくキスをした。鼻先をこすりつけ合って、笑み交わす。

「愛している」

「おれもです」

答えた声は掠れていたけれど、想いを伝え合えることが嬉しかった。

やってしまった……と恥じ入りつつ、貴砺とともにシャワーを浴びて身を清めた。

クローゼットに入っていた新しいスーツに袖を通し、身だしなみを整える。

そうして部屋を出られる準備が整った頃、呼び鈴が鳴った。

こんな早朝に誰だろうと不思議に思いつつドアを開けると、まさかの怜人が立っていた。

「おっ、おはようございます」

「おはようございます、凌さん。では行きましょう」

怜人の吐く息も相当の酒臭さだった。

しかし彼も貴砺と同様、その外見からはまったく酔っ払いの風情を感じさせない。

ふたりとも、まるで八時間睡眠をしっかり取ってきましたが何か？　と言わんばかりの泰然とした姿で、彼らの肝臓と体力は一体どうなっているのだろうと凌は思った。

怜人にいざなわれて廊下を進み、宴会場に戻るには曲がらねばならない角をまっすぐい

＊　＊　＊

ったところで、あれ？　と思った。

貴砺を振り仰ぐと、自信に満ちた笑みとともに頷かれる。それで、凌は黙ってついていくことにした。

怜人は迷いのない足取りで、どんどん前に進んでいく。そして突然、何もない壁の前で立ち止まり、凌たちを振り返った……やいなや、どこを触ったのか分からない早業で目の前に隠し扉を出現させた。

「さ、早く」

促されるままに秘密の扉をくぐる。

その先には、これまでと変わらないきれいな廊下が続いていた。もしかしてただの近道だろうかと思ったが、その先にも廊下や階段、果てには入った部屋の奥にまた隠し扉が出現し、どんどんと迷路のような道に入り込んでいった。

一体いくつ隠し扉を通ったのだろう。ひとりでは絶対に戻れない。

途中から、隠し扉には電子錠も併用されるようになっていた。

そして最後の、怜人の生態認証鍵で開かれた扉の向こうに待っていたのは、なんと麗那だった。

ゆったりとした温かみのある部屋でソファに座り、腕にひとりの赤ん坊を、そして傍らのベビーベッドにもうひとりの赤ん坊を寝かせてあやしている。

無事だ。双子ともに。そして麗那も。

その姿を見た瞬間、凌は感極まった。

「よかった……！」

思わず駆け寄り、間近で三人を見つめる。

赤ん坊は、大きかった。新生児の祈を見ているから余計にそう感じた。ふくふくとした頬に、漆黒のオニキスのような美しい瞳。何か気に入らないことがあるのか、眉間に皺を寄せている。ふたり揃って。そのせいで貴砺に似ている、と真っ先に思った。実際に似ているのは怜人だが、ミニサイズの眉間の皺がまるで貴砺みたいで可愛くて。

「お久しぶりね、凌さん。この子たちの『精霊迎えの儀』に来てくださってありがとう。あなたのおかげで無事にこの世に生を受けることができたわ」

「麗那さん……！　おめでとうございます。本当に、おめでとうございます」

麗那はいつも通り髪を美しく結い上げ、凛《りん》とした居住まいを漂わせている。

「この子が『玲瓏』の『玲《れい》』、この子が『瓏《ろう》』よ」

腕の中の子が『玲』。

ベビーベッドの子が『瓏』。

ふたりの顔をじっくりと見せてもらう。祈よりは大きいけれど、やはり小さい。当たり前に小さい。そしてそっくりだ。

やっと会えた……と思った。喜びの気持ちが後から後から湧《わ》いてきて、そしてハッとした。

凌が望んでいたのは、今、この瞬間だ。

双子の誕生を隠されていたことで永遠に失われてしまったと思い込んでいた『お祝い』の時間は、本当は失われてなどいなかったのだ。

貴斫にはなんて勝手な気持ちをぶつけてしまったのだろう。今さらながら、申し訳なく思う。

「この子たちは、家系図には『玲瓏《あきら》』というひとりの人間として載せられることになるわ。そして一族には、百日宴で——秘密の『双子の劉人』として、披露します。龍の香炉とともに」

「『祖』の再来ですね」

「ええ。凌さん、その時にはどうか……劉人の証明をよろしくお願いします」

今ここで、『玲』『瓏』の前で、そして貴斫が聞いているところで口にした麗那に、凌は深く頷いた。

「はい。必ず――『二頭の龍』をひとつに――劉人として、証明してみせます」

怜人が懐から何か取り出した。――紅玉のブローチ、劉宝だ。

次期当主の証ともなるその宝玉を凌に差し出し、怜人は言う。

「頼みます。この子たちを、救ってください」

劉宝をしっかりと受け取って、凌は力強く「はい」と返事した。劉人の証明には、この劉宝が欠かせないのだ。

『玲』と『瓏』、次世代の劉人たちの愛らしい顔を順に見つめ、必ずこの子たちを守ってみせる、と凌は改めて心に誓った。

あとがき

初めまして、こんにちは。水瀬結月と申します。このたびは拙著をお手に取ってくださり、ありがとうございました。

久しぶりの凌&貴砺、花嫁色シリーズです。待ってくださっていた方がいらしたら、本当にありがとうございます。ようやく新作をお届けすることができました。初めましての方がいらしたら、花嫁色シリーズへようこそ！　よかったら既刊もご覧くださいね。

巻末に既刊一覧を掲載しておりますが、このお話は、時系列的には『緋色の花嫁の骨董事件簿』の直後のエピソードとなります。そして物語は、『花嫁は深紅に愛される』へと続きます。時系列が前後してしまってすみません。『深紅』を書いた後、花嫁色シリーズは長らくお休みをいただいていたのですが、その間に、やっぱり甥っ子たちが産まれた時のエピソードは飛ばさずに書いておけばよかったな……という気持ちが強くなりました。時系列順でなくなることに迷いもあったのですが、思い切って書かせていただきました。執筆の機会をいただけて、本当に感謝です。

挿絵は、前作に引き続き、幸村佳苗先生が描いてくださいました。表紙イラストをすでに拝見しているのですが、もう、もう、麗しい……！　凌の色香と貴砺のかっこよさに目を奪われて、何時間でも見つめていたくなります。本当に美しい……！

幸村先生、本当に素晴らしいイラストを、ありがとうございました。

そしていつもお世話になっております担当様をはじめ、拙作の出版にお力添えくださったすべての皆様に、お礼申し上げます。

最後までお付き合いくださった読者様、ありがとうございました。心より感謝いたします。秘密に翻弄されながらも、自分なりの答えを見つける凌の物語は、いかがでしたでしょうか？　少しでも楽しんでいただけたら、とても嬉しいです。よろしければ、ご感想などお聞かせくださいね。

それでは、またどこかでお会いできたら幸いです。

水瀬結月

《花嫁色シリーズ既刊本について》

既刊本時系列（数字＝ノベルズ、文＝文庫、同＝同人誌）

1：『花嫁は緋色に囚われる』
2：『花嫁は翡翠に奪われる』
同：「新婚めおと茶碗物語」
3：『花嫁は紫龍に乱れる』
4：『花嫁は黄金に攫われる』
同：「帝色」
5：『花嫁は漆黒に墜とされる』
6：『花嫁は真珠に秘められる』
同：「塔眞貴砺の独白」
7：『花嫁は遊色に魅せられる』
同：「王とわんこのワンダフル！」
文：『緋色の花嫁の骨董事件簿』
※『花嫁は秘色に弄される』（本作品）
8：『花嫁は深紅に愛される』

※こちらの物語は、『緋色の花嫁の骨董事件簿』と『深紅』の間のエピソードです。
文庫は紙書籍・電子書籍共に好評発売中。ノベルズ1～8と同人誌は、電子配信中です。［二〇二〇年十月現在］

本作品は書き下ろしです。

ラルーナ文庫

この本を読んでのご意見・ご感想・ファンレターなどお待ちしております。**〒111−0036 東京都台東区松が谷1−4−6−303 株式会社シーラボ「ラルーナ文庫編集部」**気付でお送りください。

花嫁《はなよめ》は秘色《ひそく》に弄《ろう》される

2020年11月7日 第1刷発行

著　　　者｜水瀬《みなせ》 結月《ゆづき》

装丁・DTP｜萩原 七唱

発　行　人｜曺 仁警

発　行　所｜株式会社 シーラボ
〒111-0036 東京都台東区松が谷1-4-6-303
電話 03-5830-3474／FAX 03-5830-3574
http://lalunabunko.com

発　売　元｜株式会社 三交社（共同出版社・流通責任出版社）
〒110-0016 東京都台東区台東4-20-9 大仙柴田ビル2階
電話 03-5826-4424／FAX 03-5826-4425

印刷・製本｜中央精版印刷株式会社

ISBN978-4-8155-3247-5